Vogelfrei Taschenbuch

verlag vogelfrei

Schauplätze des Geschehens:

Ein Toter in Frankfurt am Main, ein wertvolles Gemälde in Fechenheim, teurer Wein in Offenbach und ein nackter Mann an der Milseburg in der Rhön. Ein seltsamer Gast in Kleinsassen, ein Überfall bei Hofbieber und gutes Essen in Dipperz in der Rhön, außerdem große Aufregung in Fulda.

Der Autor

Peter Ripper, Jahrgang 1954, ist selbstständiger Werbefachmann, Gitarrist bei einer Frankfurter Rockband und begeisterter Motorradfahrer und Fotograf.

Er lebt in Langenbieber in der Rhön und in Frankfurt am Main.

36145 Hofbieber
Internet: www.vogelfrei-verlag.de

Umschlaggemälde: Sergej Kasakow · www.kasakow-kunstmalerei.de
Lektorat: Stefanie Reimann, Frankfurt am Main
Druck: Druckreif GmbH, Frankfurt am Main
Umschlaggestaltung: Peter Ripper
Satz: SLG Satz, Layout, Gestaltung, Frankfurt am Main, 0177/3098536
ISBN: 978-3-9817124-2-1
1. Auflage

Peter Ripper

Miezen, Mord und Malerei

Kriminalroman

verlag vogelfrei

Vorwort

Man sollte besser aus den Fehlern der anderen lernen, als eigene zu begehen. Eine kluge Erkenntnis.

Tatsächlich?

Denn bei Licht besehen, könnte das möglicherweise ein Irrglaube sein. Doch woher kommt dieser Zweifel?

Um einen Fehler zu machen, muss man zuerst den Mut aufbringen, überhaupt etwas zu tun. Tut das eine andere Person und missfällt uns das daraus resultierende Ergebnis, könnten wir leicht zum Schluss kommen, dem argwöhnisch Beobachteten sei ein Fehler unterlaufen. Das sieht dieser aber vielleicht ganz anders. Weil er das Ergebnis mit völlig anderen Maßstäben misst. Weil wir seine Gedanken nicht kennen, und er eine andere Antwort erwartet als wir.

Oder vielleicht auch gar keine.

Denn womöglich ist für ihn die Lösung, erst einmal nichts zu erwarten. Vielleicht, um einer Enttäuschung zu entgehen.

Dieses Verhalten mag man hilfreich, klug oder auch feige nennen, es dämpft auf jeden Fall die Chance, aus Fehlern zu lernen, seien es nun die eigenen oder die unserer Mitmenschen.

Ein weiteres Missgeschick bei der Beurteilung von Ergebnissen könnte unterlaufen, weil es Menschen gibt, von denen wir nichts erwarten und trotzdem hinterher von ihnen enttäuscht sind. So, wie einige unserer Politiker, vielleicht?

Möglicherweise begegnen Ihnen, lieber Leser, in diesem Band einige Charaktere, die ausgerechnet diese Eigenschaften aufweisen.

Ganz ohne Politiker zu sein.

Doch was ist schon Politik, und was ist keine? Enttäuschungen scheinen hier unvermeidlich. Für diese Erkenntnis braucht es allerdings keine Fehler, aus denen man lernen müsste.

Eine hoffentlich ebenso enttäuschungsfreie wie unterhaltsame literarische Kost wünschen Ihnen einmal mehr der Autor und sein Protagonist Karlo Kölner, der Mann mit den vielen Fehlern.

Fehler, die sich freilich öfter schon mal von einem Miss- in einen Glücksgriff verwandelt haben. Ganz ohne dass jemand etwas daraus gelernt hätte. Weil lernen – und hier kennt sich unser Protagonist aus – hinterhältigerweise auch bedeuten kann, einen alten Fehler auf ganz neue Weise zu wiederholen.

Wieder einmal ganz wie im richtigen Leben ...

Prolog

Seine dunklen Haare hingen ihm wirr ins Gesicht. Schweiß brannte in den geröteten Augen. Die nackten Fußsohlen schmerzten und begannen sich zu entzünden. Nein, er war gewiss kein geübter Barfußläufer. Das Bedrückendste aber war die Ungewissheit.

Die letzten Stunden seiner Erinnerung?

Gelöscht.

Oder waren es Tage?

Furcht.

Wie lange war er so schon unterwegs? Wo war er?

Bohrender Kopfschmerz.

Er hielt inne, sog mühsam die Luft ein. Mit zusammengekniffenen Augen blinzelte er in die Runde.

Ein weiter Blick.

Landschaft. Hügelig, geschwungen. Die Erhebung vor ihm. Die Milseburg? *„Die Rhön?"*, schoss es ihm durch den Kopf – ein erster klarer Gedanke, seitdem er wieder bei Bewusstsein war.

Bewusstsein? Klarer Gedanke?

Er schüttelte verzweifelt den Kopf.

Laufen, laufen. Weiter, über das Feld, stolpern, aufraffen. Nur noch ein paar hundert Meter zum Waldrand.

Das Metall der Waffe glühte. Waffe?

Er blickte auf das schwarze Ding in seiner Hand.

„*Wirf es weg*", flüsterte es in ihm. Sollte er der Stimme folgen? Der schwere Revolver war doch der einzige Schutz, den er besaß.

Verwirrung. Verwirrung?

Er wusste genau, was er in der Hand hielt. Doch warum? Er hatte nie eine Waffe besessen.

Angst.

Der schlanke, aber muskulöse Mann beschleunigte seine Schritte in Richtung des Waldrandes. Er hatte mehrfach versucht, ein Auto zu stoppen. Niemand war stehengeblieben. Natürlich nicht.

Der Waldrand – endlich.

Gleich würden die hämischen Hupzeichen der Autofahrer ein Ende haben.

Wie kam er bloß hierher? Ja, er kannte die Gegend. Aber eben nur sehr flüchtig. Was tat er also hier?

Der Mann fuhr sich mit der freien Hand durchs Gesicht. Er versuchte sich zu konzentrieren.

Irrsinn.

Was, *bitte*, was war geschehen?

Die Frage jedoch, die ihn am meisten beschäftigte, war: *Warum war er völlig nackt?*

Die nächste Frage war ungleich beunruhigender: Was hatten die drei leeren Patronen in der Trommel zu bedeuten?

Worauf war geschossen worden?

Oder schlimmer – auf wen?

Und – wer hatte das getan?

Panik!

Samstag, 20. September
Offenbach am Main

1

Man konnte Florian Brunner einiges nachsagen. Er betrog seine Frau, er trank zu viel, er gab zu viel Geld aus. Auch Geld, das ihm nicht gehörte. Gleichwohl bereitete sein fehlendes Talent in geschäftlichen Dingen seiner Frau außerordentliche Sorgen. Mehr Sorgen noch als die gelegentlichen Eskapaden mit seinen billigen Nutten. Wobei sich in Malena Brunners Fantasie *billig* eher auf den Charakter der Damen bezog als auf die Höhe des Eurobetrages, den sie für ihre käufliche sexuelle Verfügbarkeit beanspruchten.

Malena Brunner hingegen betrieb in Offenbach am Main ein gutgehendes Geschäft mit Wein, Sekt und Spirituosen. Mangelnder Charakter war ihr ein Gräuel. Besonders beim Wein. Auch das Attribut *billig* in Bezug auf einen ihrer Weine hätte sie weit von sich gewiesen. Maximal das Merkmal *preiswert* hätte sie ohne Widerspruch akzeptiert.

Ob letztgenannte Eigenschaft auch für die gelegentlichen Dienste der Gespielinnen ihres Mannes zutreffend war, konnte und wollte sie nicht entscheiden.

Das musste er wohl selbst tun.

Das meiste Geld verdiente sie freilich nicht in ihrem Ladengeschäft, sondern beim Verkauf an teure Restaurants sowie mit Exporten ausgewählter und extrem teurer und seltener Raritäten in die USA und nach China. Florian Brunners unbeholfenes Auftreten gegenüber einem chinesischen Kunden vor einem Jahr hatte sie um ein Haar ihrer wichtigsten Geschäftsverbindung beraubt. Nach dieser unprofessionellen Aktion hatte sie ihn von seinen Aufgaben in der Firma weitgehend entbunden. Was mit einer einschneidenden Kürzung seiner finanziellen Bezüge einherging. Brunner hatte das kommentarlos hingenommen. Ob aus purer Bequemlichkeit oder reinem Desinteresse, war ihm möglicherweise selbst nicht ganz klar.

Wie schon erwähnt, man konnte Brunner viel nachsagen. Was er allerdings mied wie der Teufel das Weihwasser – und das konnte man ihm mit viel gutem Willen als Pluspunkt anrechnen – waren ausländische Prostituierte. Und zwar vor allem solche, bei denen die Vermutung nahelag, sie würden ihre Arbeit unter dem Joch der Zwangsprostitution verrichten. Solcherart dargebotene Vergnügungen verabscheute Brunner. Er wollte die menschenverachtenden Praktiken widerlicher Zuhälter und Menschenhändler nicht unterstützen. Da war Florian Brunner ein echter Menschenfreund. Gut, da gab es außerdem seine panische Angst vor Ansteckung mit irgendwelchen exotischen Krankheiten, die seine lüsternen Schritte eher zu Damen kontrollierter Herkunft aus heimischen Landen lenkte. Seit dem verheerenden Wüten der Ebola-Epidemie in einigen afrikanischen Staaten hatte er auch die dunkelhäutigen Damen des horizontalen Gewerbes von seiner Menükarte gestrichen. Obwohl er für diese, je nach Dringlichkeit seiner körperlichen Bedürfnisse, zuweilen eine bigotte Ausnahme von seinen Prinzipien machte.

Eigentlich hätte Florian Brunner die finanzielle Abhängigkeit von seiner Frau als Demütigung empfinden müssen. Zu viel war schiefgegangen in seinem Leben.

Das Kapital, das er besaß, bestand in seinem blendenden Aussehen und seinem gestählten Körper, den er im Fitnessstudio mit beachtlicher Energie in bemerkenswert gutem Zustand hielt. Und eben dem Geld seiner Frau, welches das ermöglichte. Seine außergewöhnliche Attraktivität hielt Brunners Selbstwertgefühl halbwegs auf Kurs.

Nun hätte man vermuten können, Malena Brunner hasse ihren Mann. Das war jedoch nicht völlig zutreffend. Früher hatte sie ihn sogar geliebt, mit Haut und Haaren, das ganze Paket: seine lockere Art, sein breites, unverschämtes Grinsen, seine Großzügigkeit, die sich allerdings bald als reine Verschwendungssucht entpuppte, ebenso wie seine maßlose Unersättlichkeit im Bett und seinen aufregenden Körper.

Malena Brunner musste zugeben: Eine Art Liebe empfand sie nach wie vor – jedoch nur noch für letzteres. Dabei fühlte sie sich immer öfter leer und ausgenutzt, wenn es wieder einmal *dazu* gekommen war, wie sie es mittlerweile resigniert nannte. Malena Brunner war eine verdammt gutaussehende Frau, Anfang dreißig, und nichts an ihr hätte einem Fremden erklärt, wieso sie ihrem Mann bisher die Treue gehalten hatte.

In der A-Jugend galt Florian Brunner als hoffnungsvolles Talent bei der Frankfurter Eintracht. Für einige Zeit saß er bei der Bundesligamannschaft auf der Ersatzbank und brachte es später auf etliche Pflichtspiele, in denen er verheißungsvolle Proben seines Talents ablieferte.

Das Publikum mochte den jungen Mann, und sicher hätte er das Zeug zum Publikumsliebling gehabt. Doch sein beständiger Hang zum Feiern bis in die tiefen Nachtstunden in einschlägigen Clubs und seine außerordentliche Vorliebe für erstklassigen Champagner hatten ihm damals den Namen

Disco-Brunner eingebracht. Auf diese Weise hatte er seine Karriere als Fußballstar geradewegs in die Zweitklassigkeit gelenkt. Brunner wechselte an den Bornheimer Hang, auch hier bekam er wegen seiner Eskapaden Ärger, und es reichte nur zu einigen Spielen im Kreis der ersten Mannschaft. Danach verschwand er für lange Zeit im schwarzen Loch eines unbedeutenden Drittliga-Vereins. Wo er von seinem immer noch unbestrittenen Talent profitierte und einige Zeit noch ein leidlich gutes Gehalt bezog. Doch bald stand er auch hier wegen mangelnder Trainingsleistungen auf der Abschussliste.

Als ihm sein windiger Manager dann zu guter Letzt – Brunner war nun schon über dreißig – ein Angebot der Offenbacher Kickers unterbreitete, lehnte er entsetzt ab und hängte die Fußballschuhe an den Nagel.

Samstag, 20. September
Offenbach am Main

2

Der Tropfen, der das Fass zum Überlaufen und die gesamten Ereignisse ins Rollen brachte, war rot.

Ein tiefes, funkelndes Rot. Ein guter Tropfen.

Ein Wein. Ein Bordeaux.

Eine Magnumflasche Château Petrus, Jahrgang 1962.

Fatalerweise aber auch eine Flasche Coca-Cola, direkt daneben.

Florian hing in seinem Lieblingssessel, die Füße in Straßenschuhen auf dem Wohnzimmertisch gelagert, neben sich ein Beistelltischchen. Darauf stand die bereits beschriebene Flasche Bordeaux, dazu ein Wasserglas, zur Hälfte gefüllt mit der sündhaft teuren französischen Weinspezialität.

In der Sportschau sah man, wie Alex Meier (Fußballgott) von der Frankfurter Eintracht ein Tor gegen Schalke 04 erzielte. Über Brunner schwebte eine muffige Wolke aus Selbstmitleid. Seine rechte Hand hingegen schwebte über dem Glas. Sie hielt die Coca-Cola-Flasche, aus der sich ein feiner Strahl in das Wasserglas ergoß und dem langweiligen Rotwein eine feine Perlage und eine vorher nicht gekannte klebrig-süße Note bescherte.

Der mittelschwer angetrunkene Brunner, immer noch etwas abgelenkt vom göttlichen Frankfurter Publikumsliebling, zeigte die falschmöglichste Reaktion. Er sprach die denkwürdigen Worte: „*Deine verschissenen Chinesen machen das doch ganz genauso!*“, und grinste sein breites, unverschämtes Grinsen, das Malena früher so sehr an ihm geliebt hatte.

Florian hörte: „Die verschissenen Chinesen? Die hätten mir für eine vollständige Kiste auch fünfzigtausend Euro bezahlt. Für eine *vollständige* Kiste, hörst du, du Arschloch?“

Alsdann folgten noch einige weitere, gleichermaßen bedeutungsvolle, wenn auch extrem obszöne Wortkombinationen. Erwähnt sei nur noch das abschließende Bekenntnis: „Jetzt ist Schluss. Definitiv. Aus. Vorbei. Ich habe die Schnauze endgültig voll. Ich lasse mich scheiden!“

Trotzdem hatte Florian noch Glück. Man erklärt es am besten mit einem gekochten Ei: Wer jemals versucht hat, ein hart gekochtes Ei am eigenen Kopf aufzuschlagen, um es pellen zu können, weiß: Wenn man das Ei zu zaghaft aufschlägt und die Schale dabei nicht kaputtgeht, riskiert man eine Beule. Erst wer sich traut, fest genug zuzuschlagen, so, dass die Schale zerplatzt, kann sein Ei ohne vorher erduldete Schmerzen genießen.

Die angestaute Wut Malena Brunners führte dazu, dass sie hart zuschlug. Hart genug, dass die teure Bouteille am Schädel des kopfballgestählten Ex-Fußballers zerplatzte wie besagtes Ei und dabei kaum Schaden hinterließ. Nur dass der Inhalt, der sich dabei über Brunner ergoß, einige Euro kostspieliger war als in heißem Wasser gestocktes Hühnereiweiß. Kurz darauf stürmte Malena aus der Wohnung, die Tür fiel krachend ins Schloss, und Brunner war alleine.

Im Fernsehen sagte Alex Meier: „Schön, dass ich der Mannschaft heute weiterhelfen konnte. Eine geniale Vorlage, da fiel mir das Zuschlagen leicht.“

Samstag, 20. September
Offenbach am Main

3

Es gab nichts, das sich nicht durch guten Sex wieder richten ließ. Diese Erfahrung machte Florian Brunner immer wieder. Nie gab es ernsthafte Probleme, wenn er Malena in seiner unnachahmlichen Ignoranz vor den Kopf stieß. Seine zärtlichen Entschuldigungen stimmten sie zuverlässig wieder gnädig.

Dieses Mal sollte Brunners Rechnung nicht mehr aufgehen. Als er sich unter die Dusche stellte, um sich den säuerlichen Geruch des Weins abzuwaschen, war er noch relativ gelassen.

„Blöde Kuh!", brummte er und richtete den Strahl der Dusche auf seine Haare.

Das Wasser mischte sich mit dem Blut, das aus der Wunde an seinem Kopf sickerte. Es lief über die Schulter, entlang der Hüfte, das rechte Bein hinunter zum Boden der Duschwanne. Ein roséfarbener Strudel bildete sich über dem Ablauf vor seinen Füßen. Er tastete behutsam nach der Verletzung. Die Gewissheit, großes Glück gehabt zu haben, überkam ihn.

Nach fünf Minuten drehte er die Dusche ab. Aus dem Schlafzimmer ertönten geschäftige Geräusche. Malena war zurückgekommen. *„Na also"*, dachte er selbstsicher. Noch.

Er trocknete sich ab und schlang das Handtuch um die Hüften. Dann verließ er das Bad. Auf dem Flur blieb er verblüfft stehen. Da lagen sein Kopfkissen, seine Decke, sein

Hausmantel aus mitternachtsblauer Seide und ein großer Haufen weiterer Kleidungsstücke. Die Tür zum Schlafzimmer war nur angelehnt. Brunner stieß sie auf und runzelte die Stirn. Seine Frau stand vor dem geöffneten Kleiderschrank.

Er öffnete den Mund. „Malena, hör mal ..."

Ihr Kopf flog herum. „Du brauchst gar nicht so belämmert zu gucken." Sie stemmte die Arme in die Hüften. „Jetzt ist Schluss. Ab jetzt schläfst du im Gästezimmer. Oder noch besser, du verziehst dich ganz."

„Malena. Jetzt komm schon. Es tut mir leid." Er ging langsam auf seine Frau zu und versuchte, sie in den Arm zu nehmen. „Ich mach's wieder gut. Versprochen."

Die Umarmung wurde stärker. Seine Lippen näherten sich ihrem Mund. Malena roch den weinsauren, alkoholschwangeren Atem. Sie wandte den Kopf zur Seite.

Ein starkes Bedürfnis, sich zu übergeben, befiel sie. Sie machte sich gewaltsam frei und gab Florian einen Stoß vor die Brust. Überrascht von dem Angriff taumelte er rückwärts und plumpste aufs Bett. Etwas Blut tropfte aus der noch nicht versorgten Kopfwunde auf das Bettlaken. Malena Brunner starrte ihren Mann voller Ekel an. „Und jetzt saust du mir auch noch das Bett ein, du Nichtsnutz." Ihre Stimme schrillte eine Oktave höher.

Ein derartiges Ausrasten seiner Frau kannte Brunner nicht. Doch immer noch war er sich seiner Wirkung sicher. Sie wirkte doch auch auf ihn, wo also war das Problem?

Er erhob sich vom Bett und ließ wie zufällig das Handtuch zu Boden gleiten. Malena ließ ihren Blick über seinen Körper streichen und bemerkte seine Erregung. Ihr Ekel verstärkte sich. Das meinte er nicht ernst!

Einen Augenblick stand sie starr, dann wich sie zurück.

„Wage es nicht, mich anzufassen", zischte sie wütend. Immer noch im Rückwärtsgang verschwand sie im Flur.

Florian folgte ihr. Er hob seinen Hausmantel auf und zog ihn sich über die Schultern. „Malena, bitte ..."

„Malena, bitte!", äffte sie ihn nach. „Du kannst nur nehmen, nehmen, nehmen, du bist ein Schmarotzer, ein elender Parasit. Deinen klebrigen Charme kannst du dir ab heute in den Hintern stecken, du Scharlatan." Sie drehte ab und verschwand in der Küche.

Konsterniert folgte er ihr. Mit dieser Situation war er überfordert. Das durfte doch nicht wahr sein. Blanke, hilflose Wut ergriff ihn. Was glaubte diese blöde Kuh, wer sie war? Konnte sie nicht froh sein, einen Kerl wie ihn im Haus zu haben? Er schüttelte den Kopf und betrat die Küche.

„Jetzt hör mir doch mal zu", begann er erneut und ging auf sie zu. Da erblickte er das große Fleischmesser in Malenas Hand. „Was hast du vor?", stieß er erschrocken aus. „Lass mich erst einmal ausreden."

Seine Frau hob das Messer höher. „Keinen Schritt näher", funkelte sie ihn an, „sonst ..."

„Sonst was?", entgegnete er ärgerlich und machte einen weiteren Schritt auf sie zu. „Willst du mich erstechen?"

Der Tritt zwischen die Beine traf ihn unvorbereitet.

Brunner sackte mit verzerrtem Gesicht nach vorne. Er presste die Hände zwischen die Beine und krümmte sich stöhnend nach vorne. Der Schmerz schoss ihm bis in den Oberbauch. Er kippte auf die Knie, den Kopf tief Richtung Fußboden gesenkt.

Malena schoss an ihm vorbei.

„Dann sieh eben zu, wie du allein zurechtkommst", ächzte er ihr gepresst hinterher. „Ja, schon gut. Wie du willst. Ich verschwinde. Ich bin schon so was von weg. Dann wirst du sehen, wie es ist, ohne einen richtigen Mann im Haus. Du blöde Ziege!"

Die Haustür fiel krachend ins Schloss. Brunner begann zu verstehen. Langsam, aber immerhin.

Einige Minuten später, als die Schmerzen etwas nachgelassen hatten, packte Brunner seine Reisetasche. Planlos, mit fliegenden Fingern raffte er Kredit- und Bankkarten zusammen, wild entschlossen, sie schnellstmöglich noch einmal zu nutzen. Er brauchte Geld.

Das Notgeld!

Er riss die untere Schublade des Kleiderschranks auf. Wo war der verdammte Umschlag? Er begann zu wühlen. Ah, hier, unter ihren Höschen. Er hielt inne, nahm einen der knappen, mit leichter Spitze besetzten Slips seiner Frau in die Hände und betrachtete ihn. Ein leichtes Ziehen in seinen Leisten. In seinem Bauch. In seinem – Herz? Verlust. Eifersucht. Trauer. Verzweiflung. Selbstmitleid.

Hol's der Teufel!

Er riss den Umschlag an sich. Öffnete ihn. Hektisches Zählen. Viertausend Euro. Brunner ließ den Umschlag in seiner Tasche verschwinden.

„Die dumme Pute wird schon noch angekrochen kommen", dachte er grimmig, als die Tür hinter ihm ins Schloss fiel.

Sicher war er sich nicht.

Nicht mehr.

Einen Unterschlupf in Bahnhofsnähe reservierte er sich telefonisch während der Taxifahrt. Das war problemlos, hier kannte man ihn, hier stellte man keine Fragen.

Dann McDonald's. Ein Burger, schnell hinuntergewürgt. Fastfood. Auch das war Essen. Fast eben. Ein Bier. Noch ein Bier. Schon besser.

Das Hotel. Tasche auspacken. Heimisch werden. Heimisch? Florian lachte bitter auf.

An der Rezeption bezahlte er das Zimmer für zehn Tage.

Danach ließ er sich auf das Bett fallen und starrte zur Decke. Unruhe erfasste ihn. Plötzlich fühlte er sich allein, verlassen. Und wieder diese Kopfschmerzen.

Er ging ins Bad, wusch sich das Blut vom Kopf, das erneut seine Haare verklebte.

Das Shampoo brannte wie Höllenfeuer in der Wunde. Nachdem er die Haare geföhnt hatte, schien auch die Wunde zu trocknen. Er ließ sich ein Pflaster aufs Zimmer bringen und warf sich mit einem Fläschchen Whisky aus der Minibar wieder aufs Bett. Er kippte den Schnaps, spülte mit einer Flasche Bier nach. Kurz darauf fühlte er sich wieder einsatzbereit.

Nur dieses unangenehme Gefühl blieb. Dieses Gefühl der – Einsamkeit. Zurückweisung. Kälte. Er dachte an Malena. War er wirklich solch ein Arschloch? Er lachte freudlos. Auch ein Arschloch brauchte Liebe. Oder wenigstens Anerkennung. Er rülpste laut und vernehmlich.

Ihm fehlte nach dieser Demütigung dringend Zuwendung. Es war ein fast fremdes Gefühl, doch dieses Mal ging es ihm nur in zweiter Linie um Sex. Es ging mehr um sein inneres Gleichgewicht, um die Bestätigung seines männlichen Egos. Um Macht.

Außerdem ließ ihm dieser plötzliche Gedanke keine Ruhe. Zuerst erschrak er über die Idee und versuchte, sie zu verdrängen.

Eine böse Idee.

Lassen sich böse Ideen verdrängen?

Bald fand er sich in einem Taxi wieder, das ihn zurück in die Innenstadt zur Alten Gasse kutschierte. Der Taxifahrer hatte nach Nennung der Adresse wissend, aber auch ein wenig impertinent gelächelt. Florian hatte ihn nur gereizt angeschaut und gefaucht: „Was?“ Danach war der Chauffeur verstummt. Die süffisante Frage: „Quittung fürs Finanzamt?“ beim Bezahlen war seine letzte Äußerung gewesen.

Florian Brunner hatte sich auf diese Frechheit hin das Wechselgeld auf den Cent genau ausbezahlen lassen und war verärgert, ohne ein weiteres Wort, ausgestiegen.

Michelle wirkte genervt. „Was ist heute los mit dir? Du bist gar nicht richtig bei der Sache. So kenne ich dich gar nicht, Tiger. Hast du Ärger mit deiner Frau?“

Ihr plötzliches Grinsen erschien ihm als ziemlich gemein, gewöhnlich und ordinär. „Jetzt mal ehrlich“, fuhr sie fort, „du hast dich doch nicht wirklich an der Schranktür gestoßen? Kann deine Alte vielleicht Karate?“

Florian Brunner lag bäuchlings auf dem Bett, nackt, verschwitzt, befriedigt und trotzdem unzufrieden. Ja, natürlich, sie hatte recht. Es war nicht so wie üblich gewesen. Michelle *(rothaarige Hexe, 26, tabulos, reitet auf deinem Besen)* saß rittlings auf Florians Hinterteil und massierte ihm routiniert die Schultern. Ihre Frage hallte noch einige Minuten in Florians Kopf nach.

Etwas, das ihn schon vor einigen Stunden gestreift hatte, streckte nun seine Klauen nach ihm aus. Etwas, das er sich nicht getraut hatte, zu Ende zu denken.

Zum Ende, das er aber eigentlich schon kannte.

Ein Widerspruch?

Doch es formte sich. Wuchs. Anfänglich noch verhalten, verschämt, langsam, spielerisch, dann aber zunehmend überzeugend und verlockend.

Ein Plan.

Ein verhängnisvoller Plan. Ein Plan, möglicherweise mit einer unheilvollen Eigendynamik.

Brunner hob den Kopf und schaute zum Nachttisch, auf dem sich die drei Hundert-Euro-Scheine befanden, die er für Michelles Dienstleistungen diskret dort abgelegt hatte. Er überlegte nur noch kurz, bevor er sich auf den Rücken drehte, die Augen leicht zusammenkniff und Michelle ansah.

„Hör mal, Schätzchen", er griff sich zögernd ans Kinn, sein Gesicht wurde ernst, und dann sprudelte es aus ihm heraus. „Magst du dir vielleicht noch mal dreihundert Euro extra verdienen?"

„Du wirkst heute nicht gerade, als ob du es noch einmal hinbekommst." Unverhohlener Spott lag in diesen Worten, und er ärgerte sich darüber. Doch das war jetzt nicht wichtig.

„Du kennst doch einige Leute", begann er erneut. „Was ich möchte, ist – na ja – vielleicht etwas ungewöhnlich."

„Ungewöhnlich kostet mehr – das weißt du", unterbrach ihn Michelle mit gleichgültiger Kälte.

„Nein. Du verstehst nicht. Es geht um etwas anderes. Hör mir erst mal zu." Er wurde noch ernster.

„Wenn es nicht klappt, musst du es sofort vergessen, hörst du?", beschwor er sie. „Was ich will, muss auf jeden Fall unter uns bleiben. So oder so."

Florian sah Neugier in ihren Augen.

War es wirklich Neugier?

Oder einfach nur Gier?

Ein wenig, nur ein ganz klein wenig zögerte er noch. Dann begann er zu erklären. Er vermied, allzu konkret zu werden. Michelle sollte auf keinen Fall wissen, um was genau, oder besser: um *wen* es letztendlich ging. Sie nickte wortlos und dachte nach. Ihre Miene war ausdruckslos, als sie Florian versprach, sich zu melden.

So oder so ...

Mittwoch, 22. September
Offenbach am Main

4

„Vielen Dank, Jeannette."

Jeannette durfte den spanischen Wein in einem kleinen Probiergläschen verkosten. Das Etikett mit dem grünen Blatt sah nett aus, und der Rote mit dem schönen Namen *El Miracle* schmeckte trotz seiner Jugend – Jahrgang 2013 – rund und ausgereift. Dennoch hatte er genug Charakter, um auch Rotweinkennern wie Paul Perlig zu behagen. Doch selbst Laien würden etwas mit diesem Tröpfchen anfangen können. Zudem war es ein ökologisch erzeugter Wein mit offiziellem Zertifikat für biologischen Anbau, was Jeannette zusätzlich beeindruckte. Ein sehr gewissenhaft hergestellter Rotwein aus der Monastrell-Rebe – nativen Trauben aus Alicante – der drei Monate in amerikanischen Eichenfässern gereift war, das hatte die Weinhändlerin noch erklärt.

Malena Brunner schloss die Kasse, schob den Karton mit dem Rotwein über den Tresen und legte den Kassenbon auf den Karton. Sie schaute ihre Bekannte freundlich an. „Viel Spaß bei der Fete. Sag mir Bescheid, wie der Wein angekommen ist. Soll ich dir die Kiste zum Auto bringen?"

„Danke, nett von dir. Aber das schaffe ich. Und – danke für die Empfehlung."

„Schon gut. Grüß deinen Karlo, unbekannterweise."

„Danke. Richte ich aus." Jeannette Müller schnappte den

Karton, drehte sich mit Schwung und stieß fast mit dem großen blonden Mann zusammen, der gerade den Laden betreten hatte. Vor Schreck entglitt ihr die Kiste.

Malena sog erschrocken die Luft ein. Doch die Reaktion des Neuankömmlings war fantastisch. Er ging in die Knie, streckte die Arme aus und fing die Kiste auf, als sei sie federleicht.

„Hoppla! Wir wollen den guten Tropfen nicht verschütten", rief er gutgelaunt, mit einer angenehm tiefen Stimme und federte wieder aus der Hocke empor. Er sah sie unternehmungslustig an. „Kommen Sie, junge Frau, wo steht Ihr Auto? Ich bringe Ihnen den Karton hin."

„Junge Frau? Schmeichler!" Jeannettes Protest fiel mäßig aus. Einige Tröpfchen seines honigsüßen Charmes waren bereits durch Jeannettes bekannt schwache Komplimentebarriere gesickert und kitzelten ihr Ego aufs Angenehmste. Der Retter stand in der Tür und schaute fragend. Sie konnte nicht anders und lächelte ihm zu. „Der rote MX5, rechts neben der Tür." Sie folgte dem Mann und zückte die Autoschlüssel. „Vielen Dank auch noch. Das wäre schiefgegangen ohne Sie", murmelte Karlos Freundin und folgte dem Blonden.

Der drehte sich noch einmal zu Malena um und zwinkerte ihr spitzbübisch zu. „Nicht weglaufen", scherzte er. „Bin gleich wieder da."

„Tolle Reaktion!" Malena Brunner lächelte dem Mann zu, als er zum zweiten Mal das Geschäft betrat. Er zupfte sein leichtes hellblaues Sommersakko wieder korrekt über die Schultern, rieb unternehmungslustig die Hände aneinander und blieb vor der Verkaufstheke stehen.

„Glückssache", winkte er ab. „Man kann doch den schönen Wein nicht zum Bodenwischen verwenden. Außerdem hätte *ich* besser aufpassen müssen."

„Seien Sie nicht so bescheiden." Sie lächelte ihn erneut an. „Was kann ich für Sie tun? Suchen Sie etwas Bestimmtes?"

Sein Blick verfing sich in ihren Augen, blieb einen Moment zu lang hängen. „Schon gefunden", murmelte der neue Kunde versonnen. Malena stutzte, entzog ihm den Blick und zeigte keine sichtbare Reaktion.

Der Blonde spürte die leichte Abwehr. „Ich meine natürlich diesen ganzen herrlichen Wein hier", spielte er die Situation herunter. Er machte eine ausladende Bewegung mit den Armen, legte ein wenig Pathos in seine Worte und grinste verschmitzt. „Und dann noch eine schöne Frau dazu, was will man mehr vom Leben?"

Nun musste Malena lachen. „Na, Sie sind mir vielleicht einer. Aber Sie haben recht. Mit Wein kann ich dienen. Haben Sie schon eine Vorstellung? Schauen Sie sich gerne um. Wenn Sie Fragen haben ..."

„... begebe ich mich in Ihre kompetenten Hände. Aber im Ernst, Sie können mir wirklich weiterhelfen. Sie haben es ja schon bemerkt: Ich bin immer auf der Suche."

Als er ihr Zögern bemerkte, sprach er schnell weiter. „Und zwar auf der Suche nach einem wirklich guten Spätburgunder. Die Herkunft ist nicht so wichtig. Hauptsache, er hat Struktur und Charakter."

Der attraktive Blonde hatte sich als Steffen Marquard vorgestellt. Er war lange geblieben. Ziemlich lange.

Malena wusste nicht, wie er es anstellte, doch sie spürte seit langer Zeit wieder Verständnis und vor allem Respekt. Seine Präsenz füllte den Raum, legte sich um ihre Schultern, federleicht, wie zarte, unschuldige Schneeflocken, die niemals schmelzen würden. Sie ließ es zu, fühlte sich weit mehr geschmeichelt als bedrängt.

Ein durch und durch interessanter Mann. Er hatte von seinem Kunststudium erzählt und anderen vielseitigen Interessen. Fußball war zum Glück nicht darunter gewesen. Davon hatte sie die Nase gestrichen voll. Als Marquard sich mit einer Kiste Wein unter dem Arm verabschiedete, ertappte sie sich dabei, wie sie nach Gründen suchte, um ihn noch nicht gehen zu lassen.

Doch sie würde ihn ja schon bald anrufen, spätestens, wenn der Spätburgunder da war. Ein ganz besonders guter Tropfen, den sie bei einem befreundeten Händler für ihn besorgen wollte.

–

„Sag mal, Malena, was war denn *das* für ein Sahneschnittchen? Und wie der dich angeschaut hat, mein lieber Schwan."

Jeannette hatte ihre Neugier nicht im Zaum halten können und im Weinladen angerufen, kaum dass sie zu Hause durch die Wohnungstür geschlüpft war. Sie hielt das Telefon gespannt ans Ohr gepresst.

„Keine Ahnung, was du meinst." Malena Brunner gab eine schlechte Lügnerin ab. Selbst in diesen fünf Worten war eine gewisse Aufregung zu spüren. „Ich bin schließlich verheiratet", schob sie noch hinterher.

Es hörte sich dünn an. Sehr dünn.

Jeannette wartete ab. Sie schien zu spüren, dass noch etwas kam.

„Na ja – noch", schob Malena unglücklich hinterher.

Treffer! „Noch? Was meinst du damit?“, stocherte Jeannette weiter

„Ach, Jeannette. Nicht am Telefon.“

„Komm schon, Malena, jetzt hast du mich neugierig gemacht.“ Jeannette kam durchaus der Gedanke, dass Malena möglicherweise nicht darüber reden wollte. Auf der anderen Seite wäre es Malena vielleicht recht, mit jemandem über ihr offenkundiges Problem zu sprechen, sich richtig auszuquatschen. „Ist es wirklich so schlimm?“, fragte sie besorgt.

Wieder entstand eine beklemmende Pause. Dann platzte Malena damit heraus. „Ich lasse mich scheiden.“

„Was? Sag das noch mal! Was ist passiert?“

„Was passiert ist? Das ist jetzt wirklich nichts fürs Telefon. Ehrlich! Das passt alles gar nicht durch die Leitung.“

Malena klang gequält. „Wir können uns ja in den nächsten Tagen mal auf ein Gläschen treffen. Dann erzähl ich dir alles.“

„Gerne, du Arme. Wenn ich irgendwie helfen kann ...“

„Nein, nein. Ist schon gut. Ich komme schon zurecht.“ Wieder zögerte Malena. „Es gibt da nur ein Problem.“

Malena hörte sich plötzlich verängstigt an, verunsichert. Jeannettes Aufmerksamkeit stieg. „Ein Problem? Welches Problem denn?“

„Wir haben uns am letzten Samstag gestritten.“

„Ach?“

„Na ja, gestritten ist wohl nicht der richtige Ausdruck. Wir hatten einen Riesenkrach.“

„Und? Das ist doch nicht alles. Wo steckt das Problem?“ Jeannette hörte das angestrengte Atmen am anderen Ende der Verbindung.

„Ich habe ihm eine Flasche über den Kopf gehauen“,

begann sie. „Eine Magnumflasche Rotwein im Wert von rund viertausend Euro."

„Boah!" Jeannette verschlug es den Atem. „Wie das?"

„Das ist doch jetzt egal." Als sie schließlich weiterredete, klang es trotzig. „Tatsache ist, dass er es verdient hatte."

Jeannette hörte wieder das Atmen, dann begann Malena erneut: „Ja, verdient hatte er es. Aber wert war er es nicht!"

„Und wie – ich meine, was ..." Jeannette wusste nicht so recht, wie sie ihre tausend Fragen in einen Satz packen sollte. „Ist er ... äh, verletzt?", fragte sie vorsichtig.

„Das ist es ja eben. Ich weiß es nicht genau. Ich mache mir trotz allem Vorwürfe."

Es dauerte einen Augenblick, bis sie es endlich herausbrachte: „Er ist seitdem verschwunden!"

Jeannette hörte das Geräusch des Schlüssels in der Wohnungstür. „Oh, Karlo kommt nach Hause. Kann ich dich später wieder anrufen? Dann kannst du mir den Rest erzählen."

„Den Rest? Es gibt keinen Rest. Ich habe seit Samstag nichts mehr von Florian gehört. Das ist alles. Alles, was ich weiß." Ihre Stimme zitterte ein wenig.

„Und jetzt hast du doch Angst um ihn", stellte Jeannette fest. „Und Angst, ihn zu verlieren, hast du auch noch."

„Nein, das ist völliger Quatsch. Ich habe schon viel zu lange die Augen verschlossen. Nein, es ist Schluss. Ein für alle Mal. Ich befürchte nur, dass ich ihn schlimmer verletzt habe und hoffe bloß ..."

„Ach komm, Unkraut vergeht nicht. Es wird schon nicht so schlimm sein. Er ist doch aus eigener Kraft verschwunden. Oder hast du ihn aus der Wohnung getragen?"

„Blödsinn. Aber ja, wahrscheinlich hast du recht."

Karlo war indes von hinten an Jeannette herangetreten, umfasste ihre Taille und zog sie an sich. Doch die blonde Frau wurde von Neugier gequält. Sie machte sich los und drückte Karlo einen flüchtigen Kuss auf die Wange.

„Einen Moment noch“, flüsterte sie ihm ins Ohr.

Dann widmete sie sich wieder ihrer Gesprächspartnerin. „Vielleicht wird es ja was mit dem süßen Kerl von vorhin“, schlug sie unschuldig vor. Sie spürte jedoch selbst, wie scheinheilig es klang, als sie nachhakte: „Wirst du ihn noch einmal sehen? Wie hieß er doch gleich?“

„Du meinst Herrn Marquard?“, tönte es nun ärgerlich zurück. „Natürlich sehe ich ihn wieder. Er hat schließlich eine Kiste teuren Wein bestellt.“

„Sonst nichts?“

„Sonst nichts.“

Nachdem Malena aufgelegt hatte, lächelte sie versonnen. Sonst nichts? Sie war sich plötzlich gar nicht sicher.

„Love stories?“ Karlo grinste unverschämt. Er stand im Wohnzimmer, die Hände lässig in den Hosentaschen und besah sich seine Lebensgefährtin amüsiert.

„Wie man's nimmt.“

„Und wie soll man's nehmen?“

Jeannette erzählte. Alles.

„Oh, oh!“ Karlo zupfte sich bedeutungsvoll an der Nase.

„Genau.“

In diesem Moment klingelte das Telefon. Gleichzeitig griffen Karlo und Jeannette nach dem Mobilgerät. Jeannette war ein wenig schneller.

„Müller?“ Sie lauschte einen Moment. „Ja, Glück gehabt. Er ist eben nach Hause gekommen.“

Sie hielt Karlo das Telefon unter die Nase und sah ihn argwöhnisch an.

„Für dich. Georg Gehring."

Karlo begrüßte den Ex-Hauptkommissar, der nun schon länger als Privatdetektiv tätig war. Er lauschte einen Moment, und sein Gesicht bekam mit einem Mal einen überraschten Ausdruck. „Das gibt's doch nicht. Das ist doch ... ich komme vorbei, so schnell ich kann. Bis gleich, Herr Gehring."

Jeannette bemerkte Karlos Anspannung sofort. „Was ist los? Ist was passiert?"

„Gehring will mich sprechen. Persönlich. Ich erzähle dir alles, wenn ich zurück bin. Zufälle gibt's."

„Zufälle?" Jeannette klang misstrauisch.

Karlo winkte ab. „Wie gesagt, lass uns später reden. Sieht aus, als ob ich Gehring mal wieder bei einer Ermittlung helfen soll. Möglicherweise müssen wir deshalb Pauls Einladung am Freitag in die Rhön absagen oder verschieben."

„Absagen? Aber ich hab doch extra den schönen Wein besorgt. Und du willst absagen?"

„Erstens muss ich ab und zu eine Kleinigkeit verdienen. Und zweitens wird der Wein nicht so schnell schlecht", prophezeite Karlo. „Doch nicht bei uns!"

Wo Karlo recht hatte, hatte er recht.

–

Gehrings Vermutung war richtig. Es dauerte keine halbe Stunde, bis Karlo vor der Tür stand.

Wie immer, wenn er während einer Ermittlung mit Karlo zu tun hatte, wurde Gehring von Zweifeln gequält. Zu chaotisch, zu unkoordiniert war Kölners Arbeitsweise für den routinierten Beamten. Da aber die unkonventionelle Herangehensweise des Ex-Knackis schon oft von Erfolg gekrönt war, hatte Gehring zum Telefon gegriffen und den MZ-Fahrer um ein Gespräch gebeten.

Karlo stocherte bei seinen Ermittlungen oft und gerne im Dreck. Er wirbelte an Stellen Staub auf, um die andere eher vorsichtig einen Bogen machten, wodurch oft versteckte Indizien und Hinweise übersehen wurden. Außerdem gab es für Kölner keine Arbeitsstelle mit Pensionsberechtigung zu verlieren. Deshalb konnte er auf die gleiche Weise agieren wie die kriminelle Gegenseite. Das hatte Karlo den Beamten der Mordkommission voraus.

Das war auch Kommissar Reichard klar, der seinen alten Chef Gehring sehr vermisste und während verzwickter Fälle regen Kontakt zum ehemaligen Hauptkommissar unterhielt. Gehrings Nachfolger Schönhals murrte zwar ab und zu über diese unprofessionelle Verbindung, die Ergebnisse jedoch akzeptierte er gerne – wenn auch eher hinter vorgehaltener Hand.

„Schön, Sie wieder einmal zu sehen", begrüßte Martina Gehring Karlo freundlich an der Haustür. Es klang aufrichtig. „Kommen Sie mit, Georg sitzt in der Küche. Ein Bierchen?"

Karlo zog die Mundwinkel traurig nach unten. „Bin mit dem Motorrad da. Keinen Alkohol, leider nein. Trotzdem, danke." Er folgte Gehrings Frau in die Küche.

„Dann wenigstens einen Kaffee?" Frau Gehring rückte Karlo einen Küchenstuhl zurecht. „Meinen Mann muss ich gar nicht erst fragen, was, Georg?" Die kleine brünette Frau ging um den Holztisch und legte die Hand auf die Schulter ihres Mannes.

Gehrings Augen blitzten freudig auf. Seine Leidenschaft für guten Kaffee war fast so ausgeprägt wie die Zuneigung zu seiner Frau. Lange Ehejahre hatten den Gefühlen für Martina keinen Abbruch getan, und das beruhte durchaus auf Gegenseitigkeit. Er liebte ihre positive, freundliche Art, die niemals nur unverbindlich schien, ihre Ehrlichkeit, auch wenn es einmal weh tat – und nicht zuletzt ihre ganz leicht mollige Figur – nicht zu viel, nicht zu wenig ...

Martina Gehring spürte seine Verbundenheit in diesem Moment fast körperlich. Seit er vor fast zwei Jahren, bei seinem Ausscheiden aus dem Polizeidienst, seinen Beamtenbart abgelegt hatte und auch seine Haare etwas länger trug, gefiel er ihr noch mehr. Die dreiundfünfzig Jahre sah man Georg nicht an, dachte sie, auch wenn er keine große Sportskanone war. Martina fühlte, wie ihr Mann in Gedanken abschweifte. „Georg, aufwachen", erinnerte sie ihn sanft. „Wir sind nicht alleine. Herr Kölner ist da."

Gehring wirkte ertappt, hob den Kopf, schüttelte ihn kräftig und sah erstaunt um sich. „Äh, Kaffee? Ja, gerne, Martina. Das weißt du doch. Kaffee geht doch immer."

Das nette, leicht spöttische Lächeln seiner Frau, als sie zur Küche lief, entging Gehring nicht. Ihm wurde warm ums Herz. Dann nahm er sich zusammen.

Karlo hatte von den kleinen Gefühlsausbrüchen nur wenig mitbekommen. Zu begierig war er zu erfahren, was Gehring von ihm wollte. Eine Ahnung hatte er schon, das kurze Telefonat hatte einen Verdacht geweckt. Gehring kam zur Sache.

„Also, wie ich schon angedeutet habe: Es geht um einen vermissten Mann. Seine Gattin war bei mir. Sie gibt an, einen ziemlichen Streit mit ihm gehabt zu haben. Und jetzt wird es interessant." Gehring fuhr sich durch die Haare, schob die Unterlippe leicht vor und sah Karlo an.

Karlo sah zurück. Seine Mundwinkel zuckten, und ein kleines Feuer des Triumphes glomm in seinen Augen. Gehring wunderte sich. Als Karlo anfing zu reden, begriff er.

„Im Verlauf des Streits", dozierte Karlo neunmalklug, „hat sie ihm eine große Flasche Wein über den Kopf gehauen. Der Streit eskalierte. Danach ist sie aus der Wohnung gelaufen. Und als sie zurückkam ..."

„... war er verschwunden. Schon gut. Tja, Sie schaffen es immer wieder, mich zu verblüffen, Herr Kölner. Aber woher haben Sie das?"

Karlo kostete die völlige Überraschung des Privatdetektivs noch etwas aus, schließlich rückte er mit der Sprache heraus: „Jeannette."

„Jeannette?"

„Jeannette kennt Frau Brunner gut", grinste Karlo. „Die Weinhändlerin aus Offenbach. Ihre neue Klientin. Als ich vorhin nach Hause kam, waren die beiden gerade am Telefonieren. Jeannette hat dann ein paar Andeutungen gemacht."

„Andeutungen heißt, Sie hat Ihnen alles erzählt!"

„Könnte man so sagen", räumte Karlo ein und nippte an seinem Kaffee. „Und wie kann ich Ihnen dabei helfen?"

„Das ist die große Frage. Wie erwähnt, Frau Brunner vermisst ihren Mann, er ist seit letztem Samstag verschwunden." Gehring holte tief Luft, dann zuckte er mit den Schultern. „Wie soll ich sagen? Eigentlich will sie ihn gar nicht wiederhaben, wenn ich das mal salopp ausdrücken darf. Sie möchte sich vielmehr scheiden lassen. Aber dazu wäre es gut, wenn er verfügbar ist. Außerdem hat sie ein komisches Gefühl – sie meint, vielleicht plane er irgendeine Teufelei.

Ganz zu schweigen davon, dass er einiges an Geld von den gemeinsamen Konten abgeräumt hat."

„Einiges?"

„Sechzigtausend Euro insgesamt. Jetzt hat Frau Brunner die Konten sperren lassen. Leider ein bisschen spät. Ach ja: Außerdem hat er noch viertausend mitgenommen, die in der Wohnung lagen."

„Vierundsechzigtausend", rechnete Karlo sehnsuchtsvoll. „Das reicht für eine Weile!"

„Kann man so sagen. Es wäre vielleicht noch mehr geworden, aber auf das Geschäftskonto von Frau Brunner hat ihr Mann zum Glück keinen Zugriff."

Karlo überlegte. „Und jetzt sollen wir ihn finden, bevor er das ganze Geld ausgegeben hat."

„Genau. Wobei es aber nicht in erster Linie um das Geld geht. Frau Brunner möchte klare Verhältnisse schaffen. Und da niemand weiß, wo ihr Mann steckt, ist das schwierig. Ist ihm was passiert? Hatte er einen Unfall? Ist er überfallen worden? War die Verletzung von dem Schlag mit der Weinflasche doch schlimmer als gedacht? Ich tappe bis jetzt völlig im Dunkeln."

Karlo hob den Zeigefinger. „Wir sollten zuerst die Krankenhäuser überprüfen."

Gehring guckte beleidigt. „Schon passiert. Harald ist mir dabei ein wenig zur Hand gegangen."

„Harald? Kommissar Reichard?"

„Ja", bestätigte Gehring. „Er hat mit der Vermisstenstelle gesprochen. Und die hatten die Standardabfragen schon laufen. Frau Brunner war auch schon bei der Polizei gewesen. Wozu ich ihr natürlich auch geraten hätte."

„Natürlich." Karlo nahm noch einen Schluck Kaffee, dann

lehnte er sich zurück und streckte sich. „Wir gehen also davon aus, dass er nicht gefunden werden will?“

„Zumindest ist das eine Variante. Es könnte natürlich auch sein, dass ihm etwas zugestoßen ist.“

„Und er sich nicht mehr melden kann.“

„Genau das.“

Karlo knetete nachdenklich die Hände. „Das heißt, wir haben jede Menge Arbeit“, stellte er fest. Urplötzlich fiel ihm die Einladung in die Rhön ein. „Sagen Sie, Herr Gehring, Paul Perlig hat Sie für's Wochenende doch auch in die Rhön eingeladen. Vielleicht sollten wir das besser absagen. Zur Sicherheit. Die Zeit drängt, wenn ich mich nicht irre?“

„Sie haben recht. Für meine Frau und mich habe ich deshalb schon abgesagt. Wir holen das nach, meint Herr Perlig. Herr Kuhl war ja auch eingeladen, ihm ist es auch nicht unrecht, wenn wir es verschieben“, erzählte Gehring mit einem erleichterten Ausdruck. „Also liegt es nicht an uns beiden alleine.“

„Gut“, meinte Karlo. „Dann rufe ich Paul der Ordnung halber auch noch an.“ Er setzte sich gerade. „Wie wollen wir also vorgehen? Wo fangen wir an?“

Gehring griff zu einem Ordner und entnahm ihm einige Fotos. „Schauen Sie mal. Ich habe einige Bilder von Brunner. Damit wir wissen, nach wem wir suchen.“

Karlo nahm das obere Bild in die Hand und betrachtete es eingehend. Nach einer Weile kratzte er sich am Kopf. „Kommt mir bekannt vor, der Bursche. Woher kenne ich dieses Gesicht?“

Gehring grinste. „Fußball? War mal bei der Eintracht, allerdings ...“

„Klar!“ Karlo fiel es wie Schuppen von den Augen. „Der

Disco-Brunner. Das ist ja ein Ding. Komisch. Davon hat Jeannette ja gar nichts gesagt."

„Vielleicht, weil sie sich nicht für Fußball interessiert? So sehr bekannt ist er ja nicht geworden."

„Ja. Da haben Sie recht. Ist außerdem ein paar Jahre her."

Gehring griff erneut in den Ordner. „Frau Brunner hat mir ein wenig geholfen. Hier habe ich eine Liste mit Adressen und Namen. Alles Leute, mit denen Brunner mehr oder weniger Kontakt haben könnte. Nichts Auffälliges dabei, aber möglicherweise hat jemand was mitbekommen. Oder Brunner versteckt sich bei jemandem." Gehring schaute Karlo mit leichtem Zweifel an. „Spielen Sie deshalb bitte nicht den Elefanten im Porzellanladen. Während Sie mit der Liste anfangen, schaue ich mich bei den Sportvereinen um. Obwohl ich wenig Hoffnung habe. Wenn ich damit durch bin, steige ich bei der Abarbeitung Ihrer Liste ein."

Karlo überflog die Liste. Keiner der Namen sagte ihm etwas auf den ersten Blick. Das musste nichts heißen.

„Gut. Dann fange ich gleich morgen damit an. Ach so, Paul muss ich noch anrufen. Das mache ich am besten gleich."

Paul hatte die Party insgeheim schon abgehakt. Trotzdem zeigte er sich enttäuscht, als jetzt auch noch Karlo absagte. Doch Karlo hatte einen guten Tipp für ihn.

„Ach, Paul", riet er ihm schlitzohrig, „sei doch ein bisschen kreativ. Nutze die Zeit und lade Sina einfach zum Essen ein. Irgendwo in ein nettes Lokal. Da hast du sie mal ganz für dich alleine, und das Wochenende ist nicht verloren. Trau dich einfach."

„Gute Idee, Karlo", fasste sich Paul ein Herz. „Genau das werde ich tun."

Freitag, 26. September
Offenbach am Main

5

Malena Brunner saß auf heißen Kohlen. Das heißt, eigentlich saß sie nicht. Sie stand in ihrem Weingeschäft hinter dem Tresen und war nervös. Es war bereits Mittag, und erst drei Kunden waren bisher im Laden gewesen. Ungewöhnlich für einen Freitag. Doch jetzt hatte sie Zeit, sie sollte deshalb mit ihrer Monatsabrechnung beginnen. Aber die Zahlen, sie tanzten vor ihren Augen, und alle sahen aus wie Steffen Marquard. Der Zwiespalt, in dem sie sich befand, machte ihr schwer zu schaffen.

Florian war nach wie vor verschwunden. An dieser Stelle wurde es bereits schwierig. Sie spürte, dass sie froh war, ihn los zu sein. Sehr froh.

Es machte ihr nichts aus, dass er weg war. Überhaupt nichts. Sie hoffte, er käme nie mehr wieder.

Und doch erfüllte sie dieses schlechte Gewissen. Diese Ungewissheit, die das leichte, das schwerelose Gefühl der Verliebtheit wie mit Bleigewichten wieder auf den Boden der Tatsachen herunterzog.

Heute wollte er den Wein abholen.

Er.

Steffen.

Wie schnell das ging.

Sie wollte ihn. Unbedingt.

Der Laden fing an, sich zu drehen, als er hereinkam. Vorsichtige Begrüßung.

Abtasten.

Verlegenheit.

Wiedersehensfreude.

Sie zeigte ihm die Kiste.

„Willst ... wollen Sie den Wein zur Sicherheit vorher probieren?“ Malenas Kehle fühlte sich rau an.

„Aber nein, Malena. Ich vertraue Ihnen voll und ganz. Ich wollte Sie jedoch ...“

„Ja?“

„Haben Sie vielleicht Hunger?“

Sie hatte nicht.

Natürlich nicht. Die ganzen Schmetterlinge im Bauch. Die mussten erst einmal verdaut werden. Sie begann: „Jetzt müssen Sie sagen: Ich kenne da ein nettes kleines Lokal, direkt um die Ecke ...“

Marquard lächelte amüsiert. „Also, was ist? Haben Sie Hunger?“

„Wie ein Wolf!“, log sie.

„Kann die hungrige Wölfin den Laden denn einfach so alleine lassen?“

„Ich bin die Chefin des Rudels“, lachte sie. „Ich schließe einfach zu. Und vergessen Sie das nette kleine Lokal. Wir gehen zu mir.“ Die Worte kamen wie von alleine, und sie erschrak über das, was sie sagte.

Was, wenn Florian plötzlich auftauchte?

Zum Teufel mit Florian!

Sie hatte es nicht einmal mehr geschafft, die Steaks in die Pfanne zu legen. Die Küche war kalt geblieben, aber es war heiß geworden. Zwischdurch dann der Wein. Immer mal wieder. Und Steffen, er war begeistert gewesen.

Vom Wein. Von ihr. Von ... allem.

Was wurde das hier? Hatte das eine Zukunft? Aber, verdammt, wen interessierte die Zukunft? Hier und jetzt war sie glücklich. Die Zukunft ist immer später. Zukunft kann man nicht spüren, nicht schmecken, nicht riechen. Zukunft gibt es nur in der Vorstellung, niemals im Hier und Jetzt.

Sie setzte sich auf, trank das Glas leer, sank zurück in die Kissen, bleischwere Lider, sein warmer Atem in ihrem Nacken, Glück, Geborgenheit, die Zeit vergessen, schlafen, schlafen, schlafen ...

Als sie wieder wach wurde, war die Dämmerung schon fortgeschritten. Sie schaute auf den Radiowecker rechts neben sich. Neunzehn Uhr dreißig. Was war nur los mit ihr? Sie hatte ewig geschlafen. In ihrem Kopf pochte es leicht. Als sie den Kopf hob, kam dieser leichte Schwindel. Sie horchte in die Dunkelheit, streckte ängstlich die Hand zur Seite, fühlte etwas Warmes, hörte die gleichmäßigen Atemzüge.

Er war noch da!

Er war nicht eines dieser Arschlöcher, die sich erst das Hirn rausvögelten und danach einfach von der Bildfläche verschwanden. Dazu ein Zettel mit einer dürren Nachricht auf dem Nachttisch, vielleicht.

Er war noch da.

Zum Teufel mit Florian!

So schnell ging das.

Freitag, 26. September
Gartengelände, Frankfurt-Oberrad

6

Norman Maiforst war unsicher. Einerseits war er froh, das Gemälde für seinen Auftraggeber gefunden zu haben. Andererseits ahnte er, wie zwielichtig sein Kunde sein könnte. Er hatte natürlich Erkundigungen eingeholt, was sich als nicht ganz einfach erwiesen hatte. Vordergründig handelte es sich bei Henry Steuben um einen Mann, der gerne und oft viel Geld für Kunstwerke ausgab. Man munkelte, dass er sich damit einen gewissen Status schaffen wollte, um Zugang zur sogenannten besseren Gesellschaft zu bekommen – was immer man darunter verstehen mochte.

Ein offenes Geheimnis war allerdings, dass Steuben einige gut gehende Bordelle betrieb. Der ihm eigene Wille zur Expandierung seiner Geschäfte schien trotz einiger Anschläge auf sein Leben, die allesamt kläglich gescheitert waren, ungebrochen. Selbst die rabiaten Rotlichtkollegen aus dem ehemaligen Jugoslawien waren mit ihren Bemühungen gescheitert, Steuben aus dem Geschäft zu drängen, sei es mit taktischen Finessen am Rande der Legalität, sei es mit mehreren brutalen Mordversuchen in aller Öffentlichkeit.

Wie gesagt: Versuchen.

Irgendwann schien es, als hätte man es aufgegeben, Steuben aus dem Weg zu räumen.

Maiforst hingegen war Kunsthändler und -berater, und

betrieb seine Geschäfte Lichtjahre entfernt von jeglicher kriminellen Ausprägung. Sein Charakter wie auch seine Geschäfte erfreuten sich ausgeprägter Seriosität. Der Gemäldefachmann hatte überdies einen Ausstellungsraum in Frankfurt-Fechenheim, den er sporadisch auch als Galerie für aktuelle Ausstellungen nutzte.

In den letzten Jahren waren die Geschäfte nicht einfacher geworden. Das Geld der Kunden saß nicht mehr so locker wie noch vor einigen Jahren, was zu verkraften gewesen wäre. Der eigentliche Grund der Verkomplizierung der sowieso komplexen Welt des Kunsthandels war: Von großen Galeristen und solventen Kunstsammlern künstlich gepushte zeitgenössische Künstler verschoben den Markt und verwässerten die Preise für die klassische Kunst – vor allem, wenn es sich nicht um die ganz großen Namen handelte.

Das hübsche Gemälde des 1887 in Kiel geborenen Malers Waldemar Coste – *Weg zur Gerbermühle* – hatte Maiforst für Henry Steuben ausfindig gemacht. Coste stand einige Zeit in Verbindung mit der Hollerbacher Malerkolonie im kleinen Odenwalddörfchen Hollerbach. In diesem Zusammenhang gelangte er auch nach Frankfurt, was erklärt, dass einige Bilder von ihm Frankfurter Motive zeigen – unter anderem auch ein wunderschönes Bild des Holzhausenschlösschens.

Der Bordellbetreiber hatte erklärt, das Bild in einem älteren Auktionskatalog entdeckt zu haben. Allerdings hatten seine eigenen Recherchen keine Ergebnisse erbracht. Das Bild nämlich war an einen anonymen Bieter verkauft worden, über diesen neuen Besitzer hatte er nichts in Erfahrung bringen können. Schließlich war ihm Maiforst, der renommierte Kunstberater, empfohlen worden. Steuben hatte sich über die Identität seines Ratgebers ausgeschwiegen. Was nicht unbedingt zu Maiforsts Beruhigung beitrug. Für Steuben hingegen hatte sich der Kontakt zu dem Kunsthändler als Glücksgriff erwiesen: Maiforst war tatsächlich fündig geworden.

Der aufgespürte Besitzer war zunächst verärgert gewesen und hatte rundweg abgelehnt, das Bild zu verkaufen. Doch Steuben hatte sein Angebot mehrfach erhöht. Am Ende stand eine Summe zur Debatte, die den Eigner des Bildes hatte weich werden lassen. Mit der Vermittlungsprovision für Maiforst war der Preis auf neunzehntausend Euro geklettert. Steuben hatte nicht gezuckt und den Preis akzeptiert. Die Verhandlungen hatten sich als nicht ganz unkompliziert erwiesen, da Steuben beim Verkäufer nicht in Erscheinung treten wollte. Er hatte deshalb einen Strohmann vorgeschoben, der das Geschäft mit Maiforst abwickeln sollte. Nur die Auslieferung sollte persönlich zwischen Maiforst und Steuben erfolgen, da Steuben Interesse bekommen hatte, den Kunsthändler kennenzulernen.

Man hatte Barzahlung vereinbart.

Was Maiforst nicht loswurde, war das mulmige Gefühl, das er beim Gedanken an die persönliche Auslieferung entwickelte. Mit Bordellbesitzern hatte er keine Erfahrung. Zusätzlich bekam er Sorgen, wenn er an das viele Geld dachte, das er allein auf dem Heimweg bei sich tragen würde.

Deshalb saß Maiforst mit seinem Freund Wolfhard Kuhl im Clubheim von Kuhls Motorradclub in Frankfurt-Oberrad, um zu beratschlagen, wie man das Geschäft problemlos über die Bühne bekommen könnte.

Dabei saß auch Karlo Kölner, dem die Hütte hin und

wieder als Notunterkunft diente. Meist war dies der Fall, wenn er mit seiner Freundin Jeannette Streit hatte und sie ihn, wie schon öfter, aus der Wohnung geworfen hatte.

Der vierte im Bunde war Karl Einser, Hundeführer bei der Frankfurter Polizei, seit einiger Zeit mit einer Harley Davidson Electra Glide unterwegs.

Karlo Kölner war mit seinem geliebten MZ-Gespann erschienen, einem betagten, aber funktionstüchtigen Zweitakter mit Seitenwagen aus der ehemaligen DDR. Er erfreute sich bester Laune.

„Mach dir keinen Kopf, Norman, was soll passieren? Dein Puffbesitzer will sich bloß ein bisschen Renommee erkaufen. Wäre doch widersinnig, wenn er versuchen würde, dich reinzulegen."

„Karlo hat recht", bestätigte Einser. „Was sollen wir noch lange rumreden. Wir holen das Bild aus deinem Lager und fahren hin. Wann hast du vereinbart?"

„Um vierzehn Uhr wollen wir uns treffen", erklärte Maiforst. „Wir müssen auch nicht nach Bad Homburg, sondern nur nach Fechenheim."

Einser schaute verwirrt. „Ich denke, Henry Steuben wohnt in dieser Homburger Jugendstil-Villa."

„Tut er auch. Aber sein Elternhaus steht im Überlinger Weg. Seit seine Eltern nicht mehr leben, hat er dort ein Büro und einen Zweitwohnsitz. Und ich soll ihm das Bild dorthin liefern. Keine Ahnung, weshalb. Ist aber praktisch. Ist nicht so weit."

Kuhl schaute auf die Uhr. „Wunderbar. Wir haben noch genug Zeit."

Maiforst hatte einen kleinen Bus für zwei Tage gemietet. Tags zuvor hatte er einige neue Bilder in seinen Ausstellungsraum bringen müssen, deshalb bot es sich an, das Fahrzeug noch zu nutzen, um das Gemälde auszuliefern.

Einser sollte vor Steubens Haus im Wagen warten, während Kuhl und Karlo den Kunsthändler begleiten und das Bild ins Haus tragen würden.

Das Verpacken und Verladen des Bildes ging schnell und unproblematisch vonstatten. Nach einer halben Stunde schon bog Maiforst in den Überlinger Weg ein. Nur Sekunden später standen sie vor dem Haus des Bordellbesitzers.

Karl Einser rutschte auf den Fahrersitz, Kuhl und Karlo Kölner hoben das Bild aus dem Laderaum, warfen die Rücktür wieder zu und folgten Norman Maiforst, der schon vor der Haustür stand und auf den Klingelknopf drückte.

Als sich die Tür öffnete, war Maiforst überrascht. Nichts von dem Bild, das er sich von Steuben gemacht hatte, entsprach der Erscheinung des älteren Herren, der im Türrahmen stand: Das leichte Überkaro des teuren tabakfarbenen Harris-Tweed-Sakkos. Der blauweißkarierte Hemdkragen, der unter einem bordeauxfarbenen Kaschmirpullover hervorlugte. Die dunkelgrüne Feincordhose, die dem schmalen, drahtigen Herrn mit den vollen dunkelbraunen Haaren auf Maß geschneidert schien. Das alles signalisierte die Seriosität englischen Landadels, nicht die halbseidene Welt eines Frankfurter Puff-Paten, wie man sie sich gemeinhin vorzustellen pflegt.

„Herr Steuben?“, fragte er verblüfft.

Leichte Ironie blitzte in Steubens wachen graublauen Augen auf. Er schien sich seiner Wirkung bewusst. Seine Stimme tönte angenehm voll. „Herr Maiforst, vermute ich?“ Er streckte die Hand aus. Ein fragender Blick strich über die Schulter des Kunsthändlers, als Steuben seine Begleiter erblickte.

„Treten Sie ein“, bot er an, nachdem Maiforst seine Hand ergriffen hatte. „Kommen Sie nur, meine Herren, hier entlang.“

Kuhl und Karlo folgten der einladenden Geste und betraten hinter Maiforst das Gebäude.

„Kaffee? Einen Wein? Oder – halt – besser einen Whisky. Einen schönen Single-Malt auf unser Geschäft. Ich habe da einen wirklich guten einundzwanzigjährigen.“

Maiforst hob ablehnend eine Hand. „Keinen Alkohol – wir haben noch einiges vor. Aber ein Kaffee wäre prima.“

Kuhl war enttäuscht, auch Karlo hätte nicht nein gesagt zu einem Single-Malt. Aber sie nickten ergeben.

„Kaffee? Natürlich, gerne. Aber Sie müssen verzeihen, ich bin heute alleine“, erklärte Steuben und ging Richtung Küche. „Ich muss deshalb selbst ran“, erklärte er über die Schulter. „Packen Sie vielleicht das Bild mittlerweile aus? Das wäre schön.“

Karlo war dabei, das Packpapier zu entfernen, da hörte er dieses feine penetrante Summen, das einem in so manchen lauen Sommernächten den Schlaf raubt. *Ssssssssssss* ... Dann verstummte es.

Kurz darauf spürte er einen unangenehmen Piekser auf der rechten Wange.

Patsch!

„Verdammtes Mistvieh!“ Karlo fluchte und rieb sich die Wange, dann schaute er ungehalten auf seine Hand. Ein kleiner roter Fleck zeigte sich auf dem Handballen. Er hielt den anderen die Hand hin. „Elende Blutsauger“, erregte er sich.

Im gleichen Moment machte auch Maiforst eine abwehrende Bewegung. „Das war wohl nicht die Einzige." Er grinste, als nun auch Kuhl zu fuchteln begann.

„So, bitte schön, meine Herren." Es hatte nicht viel länger als fünf Minuten gedauert, bis Henry Steuben mit einem Tablett in den Händen wieder im Wohnzimmer erschienen war. Er bemerkte die Unruhe seiner Gäste und lächelte.

„Tut mir leid, meine Herren. Ich hätte das Fenster nicht öffnen dürfen. Wissen Sie, ich habe einen großen Fehler gemacht." Er deutete zum Fenster. „Ich musste unbedingt einen Teich im Garten haben. Sieht toll aus, nicht wahr? Aber jetzt brüten dort diese Plagegeister. Kaum mache ich die Fenster auf, habe ich die Stube voll von diesen unangenehmen Zeitgenossen. Sehr beklagenswert. Ich überlege ernsthaft, ob ich den Teich wieder zuschütten lassen soll. Nun ja."

Mit einer Geste des Bedauerns wandte sich Steuben dem Kunstwerk zu. „Toll", freute er sich dann aufrichtig. „Genau, wie ich es mir vorgestellt habe. Nein, besser. Restauriert, aber nicht übertrieben aufpoliert. Am liebsten würde ich es gleich aufhängen. Aber das muss bis zur nächsten Woche warten. Mein ...", er zögerte ein wenig, „mein Hausmeister ist momentan nicht verfügbar. Na ja, da kann man nichts machen."

Bevor Maiforst oder Kuhl es hätten verhindern können, war Karlo aufgesprungen. „Haben Sie Werkzeug hier? Und Aufhänger? Ich mache das. Kein Problem", versprach er eifrig.

Kuhl biss sich auf die Zunge, Maiforst holte tief Luft.

Karlo wieder.

Der Kunsthändler hätte am liebsten das Geld eingesteckt und wäre wieder verschwunden. Trotz der seriösen Anmutung des Kunden fühlte er sich hier einfach nicht wohl.

Steuben schien von Karlos Angebot begeistert. „Das würden Sie tun? Damit könnten Sie mir eine große Freude bereiten. Ich habe alles da, was man braucht. Sehen Sie, dort drüben in der Ecke steht eine Aufhängeleiste. Ich hole Ihnen die Leiter und den Werkzeugkasten."

Kurz darauf war Karlo an der Arbeit, Kuhl sicherte mürrisch die Leiter.

Henry Steuben winkte dem Galeristen. „Kommen Sie mit, Herr Maiforst? Wir erledigen in der Zwischenzeit das Geschäftliche." Steuben führte Maiforst in ein Büro.

Während der Bordellbetreiber sich an einem in der Wand eingelassenen Tresor zu schaffen machte, besah sich Maiforst ein anderes Gemälde, das hinter Steubens gewaltigem Schreibtisch angebracht war. Bevor er dazu kam, das Bild fachmännisch zu analysieren, sah er die Bewegung.

Da, draußen im Garten. Misstrauisch äugte er durch das hohe Glasfenster. Was war das gewesen? War da jemand?

Maiforst schaute genauer, doch es war wieder ruhig. Er blickte zum Schreibtisch. Ein PC, einige Papiere – was war das? Ein dünner Hefter mit einem Aufkleber. *TESTAMENT* stand in Großbuchstaben auf dem Etikett. Fast hätte Maiforst gegrinst. Steubens Metier gehörte sicherlich zu den riskanteren Arten, Geld zu verdienen. Da war es nur logisch, Vorsorge zu treffen. Der Blick des Kunsthändlers bewegte sich wieder zum Fenster. An einem hohen Busch bewegten sich die Zweige, ein Schwarm Spatzen erhob sich wild flatternd und laut schimpfend in die Luft – war da doch jemand?

Maiforst schaute zu Steuben, der gerade den Tresor wieder schloss und nichts bemerkt zu haben schien. Er überlegte, ob er ihn darauf aufmerksam machen sollte. Da erblickte er zwei Elstern, die aufgeregt auf dem Busch gelandet waren und nun ein Heidenspektakel veranstalteten.

Als Henry Steuben sich umdrehte, bemerkte er sowohl die Krähenvögel als auch das angespannte Gesicht seines Geschäftspartners. Und seinen besorgten Blick in den Garten. „Ja, da draußen ist wieder was los", brummte er. „Michelle ist wieder unterwegs. Da habe ich später wahrscheinlich eine Leiche vor der Hintertür liegen."

Maiforst versuchte, sein Entsetzen zu zügeln.

„Eine Leiche?" Er schluckte. „Ja, natürlich", beeilte er sich. „Eine Leiche ... könnten wir dann vielleicht zu unserem Geschäft ..."

Steuben schaute zunächst verständnislos, dann begriff er. Sein kleiner Scherz war wohl nicht ganz angekommen. „Ja", grinste er dann. „Es vergeht keine Woche, in der nicht tote Vögel oder Mäuse vor der Tür liegen. Wenn ich nicht aufpasse, schleppt Michelle sie sogar in die Wohnung. Und verlangt auch noch eine Belohnung, das kleine Biest."

Maiforst schluckte erneut. „Michelle!", krächzte er heiser und wirkte ratlos.

„Michelle, meine Katze. Habe ich nach einer Lady benannt", erklärte der Bordellbetreiber. „Nach meinem besten Pferdchen im Stall, möchte ich fast sagen."

Steuben hielt dem verblüfften Maiforst einen weißen Umschlag vor die Nase. „Geht das so?" Er deutete zum Schreibtisch. „Nehmen Sie doch bitte Platz und zählen Sie nach."

Dann schien Steuben etwas einzufallen. Er runzelte die Stirn. Mit drei schnellen Schritten war er beim Schreibtisch. Er nahm den Hefter mit dem Testament schnell auf, ging wieder zum Tresor zurück und schloss ihn ein.

–

„Mensch, Leute, was habt ihr so lange gemacht? Habt das Bild wohl auch noch aufhängen müssen?" Karl Einsers Laune war auf dem Tiefpunkt.

Karlo grinste. „Wenn du wüsstest, wie recht du hast." Er griff in die Hosentasche und wedelte dem Polizisten mit zwei Fünfzig-Euro-Scheinen vor der Nase herum. „Für zwanzig Minuten Arbeit. Ein Hunderter. Verdient man als Bulle nicht, was? Aber nur kein Neid."

„Ich arbeite auch nicht für Puffbesitzer", kam es grätzig zurück.

„Hört auf zu zanken und lasst uns endlich fahren", befahl Maiforst nervös. „Ich will zur Bank. Hab kein gutes Gefühl, mit dem ganzen Geld in meiner Jackentasche."

„Na, dann los!", drängelte nun auch Kuhl.

Einser startete den Motor und kurz darauf bogen sie in die Baumertstraße ein.

„Hat jetzt überhaupt noch eine Bank offen?" Kuhl blickte Norman Maiforst von der Seite an. Der fasste sich ans Kinn und verzog ärgerlich das Gesicht. „Stimmt ja. So ein Mist. Du hast recht. Was mach ich jetzt bloß?"

„Na, was wohl? Nimm die Kohle mit nach Hause und bring sie morgen zur Bank. Wo ist das Problem? Weiß ja keiner davon."

„Keiner. Nur der Puffbesitzer. Super!"

„Jetzt mach dir nicht so viele Gedanken."

„Wahrscheinlich hast du recht", entspannte sich Maiforst. „Aber wisst ihr was?", fragte er plötzlich aufgekratzt. „Ich hab Hunger. Ich muss eine Kleinigkeit essen. Ich lade euch ein. Habt ihr Lust, mit in die Kastanie zu gehen?"

Sie hatten. Natürlich.

Als alle am Tisch saßen, klingelte Maiforsts Telefon.

„Maiforst? Herr Steuben! Bitte? Aha! Ja. Wie? Klar. Natürlich bekommen Sie auch eine Quittung. Wie peinlich, das haben wir vergessen. Aber es dauert noch, wir wollen etwas essen und sind beim Bestellen. Bitte? Ja, wir lassen uns Zeit. Bis dann.“ Maiforst beendete das Gespräch. „Es war Steuben. Er muss mir was zeigen. Irgendwas ist mit dem Bild. Er hat es nochmal abgehängt. Nichts für's Telefon, sagt er. Er war ziemlich aufgeregt“ Maiforst guckte ängstlich. „Ich hab mir gleich gedacht, dass da was nicht stimmt.“

„Du siehst Gespenster“, schaltete sich Karl Einser ein. „Ich bin ja auch noch dabei. Und ich bin die Polizei, falls du das vergessen hast.“

„Ist ja gut“, resignierte der Kunsthändler und fuhr sich müde mit der Hand übers Gesicht.

Das Essen war ausgezeichnet gewesen. Maiforst hatte es aber trotz seines Hungers nicht recht genießen können. Er hatte schnell bezahlt und die anderen zur Eile gedrängt.

Satt, aber immer noch nervös, drückte er den Klingelknopf an der Eingangstür zu Henry Steubens Haus. Zum zweiten Mal an diesem Tag. Einser blieb wieder im Wagen.

Nach einer Minute strich der Galerist nervös seine silbernen Haare zurück, dann klingelte er erneut. Kuhl schaute auf die Uhr. „Eigentlich sollte er da sein. Wenn er uns schon extra herbestellt.“

Fünf Minuten und zwei weitere Klingelversuche später gab es immer noch kein Lebenszeichen von Steuben.

„Das ist schon komisch.“ Maiforst schaute irritiert.

Karlo blickte prüfend um sich. Er bemerkte den Weg, der rechts ums Haus führte. „Moment mal, wartet hier. Ich schau hinterm Haus nach. Vielleicht ist er im Garten.“

Maiforst hob protestierend die Arme.

Zu spät.

Karlo war schon unterwegs. Er lief zu dem schmalen gepflasterten Weg, der ums Haus führte. Kuhl und Maiforst hörten noch einen lästerlichen Fluch, als Karlo beinahe über einen losen Pflasterstein stolperte, dann war er verschwunden.

„Was hat er vor?“ Maiforst war besorgt.

„So ist er halt. Immer in Action.“ Kuhl zuckte mit den Schultern. „Was soll man machen? Vielleicht hat er ja recht, und dein Kunde ist wirklich hinterm Haus.“

Im gleichen Moment ertönten aus dem Flur eilige Schritte.

Maiforst entspannte sich. Auf seinem Gesicht erschien Erleichterung. „Da kommt er. Wäre auch seltsam gewesen.“

Kuhl nickte kurz, und die Tür wurde geöffnet. Maiforst bekam einen gewaltigen Schreck, als Karlos Kopf im Türspalt erschien.

„Karlo! Wie kommst du da rein?“

Karlo wich dem Blick des Galeristen aus. „Die Hintertür war offen“, druckste er. „Ist aber niemand hier.“

Maiforst wirkte verspannt. Er wurde, ganz gegen seine normale ruhige Art, ziemlich laut. „Komm sofort da raus“, bellte er. „Wenn das die Nachbarn sehen. Wir verschwinden. Ich rufe Steuben später an. Vielleicht musste er dringend weg. Verdammt, Karlo, du kannst doch nicht einfach in ein fremdes Haus einbrechen!“

„Ich bin nicht eingebrochen“, versetzte Kölner beleidigt. „Die Tür war offen. Vielleicht war es ganz gut, dass ich nachgesehen habe.“

„Was soll das heißen?“ Kuhl schaute verständnislos.

Karlo ließ die Eingangstür aufschwingen und wies mit ausgestrecktem Arm nach innen. „Na, da drin ist alles voller Blut.“

Karl Einser, der gelangweilt im Lieferwagen herumlümmelte, war dabei, auf seinem Smartphone herumzudaddeln. Zufällig blickte er genau in dem Moment auf, als Karlo in der geöffneten Tür erschien.

„Scheiße!", zischte er gedämpft.

Einser kannte Karlo gut genug, um das Unheil zu riechen. Und es roch penetrant.

Nach Ärger.

Er schlüpfte aus dem Lieferwagen, schloss die Tür und ging zum Haus. „Was ist los? Was zum Teufel veranstaltet ihr da?"

Erschrocken sahen Kuhl und Maiforst auf.

Kuhl, etwas blass im Gesicht, fasste sich als Erster. „Wenn Karlo recht hat, rufst du besser deine Kollegen."

„Blut?", staunte Einser, schob Karlo auf die Seite und betrat das Haus. „Lasst mal sehen."

„Willst du nicht lieber die Polizei rufen?"

„Ich bin die Polizei! Lasst mich erst mal nachsehen, was ich den Kollegen erzählen kann."

Er schaute Karlo zweifelnd an. „Hast du was angefasst?" Einser sah Karlo ins Gesicht. Der senkte schuldbewusst den Blick. „Oh nein, bitte nicht."

„Wie soll ich denn die Tür öffnen, ohne die Klinke anzufassen?"

Einser explodierte. „Ja, bist du denn so blöd oder tust du nur so? Muss ich *dir* das erklären?"

„Hast ja recht." Karlo wirkte zerknirscht und griff in die Tasche, um ein Taschentuch herauszuziehen. „Ich wisch es ab."

Der Hundeführer verdrehte fassungslos die Augen. „Nein! Das tust du eben nicht! Bestimmt gibt es noch andere Spuren. Wenn da drin Blut ist, ist auch was passiert, oder was glaubst du? Und du willst Spuren vernichten? Wir müssen den Kollegen sagen, wie es war. Aber mach dich locker. Du hast ja Zeugen. Und jetzt lass mich mal schauen."

Er musterte Karlo, der ebenfalls wieder ins Innere des Hauses drängte, streng. „Du bleibst draußen, verstanden?"

Karlos Aussage, *alles* sei voller Blut, stellte sich schnell als Übertreibung heraus. Einser hatte schon befürchtet, Zeuge eines Massakers zu werden.

Es gab jedoch durchaus Blut. Auf dem Fußboden im Wohnzimmer sah man eine Blutspur. Spärliche rote Sprenkel, die zur Diele und von dort zur Treppe hinauf in den ersten Stock führten.

„Na los, worauf wartest du? Lass uns raufgehen."

Einser fuhr herum. „Karlo! Ich hab doch gesagt, du sollst draußen bleiben." Der Harleyfahrer schob Karlo vor die Tür und stieg die Treppe zum ersten Stock hinauf. Am Treppenende angekommen, rang er kurz nach Luft.

Eine bizarre Szene.

Henry Steuben.

Tot.

Auf dem Rücken.

Eine Schusswunde am rechten Bein.

Eine Austrittswunde, groß, in der Brust.

Eine Schusswunde, böse, an der Schläfe.

Auf Steubens Bauch saß Michelle.

Die Katze – nicht das beste Pferdchen im Stall.

Graues Fell, weißes Lätzchen.

Augen grün, unschuldig, trotzdem unergründlich.

Zwischen ihren Zähnen eine zweite Leiche. Graue Deckfedern, rote Brust, zerfledderte Flügel.

Einser zückte sein Smartphone.

Nur fünfzehn Minuten später.

Karlo schlug die Hände vors Gesicht, als der Streifenwagen hielt. „Nein! Alle, nur nicht die!"

Karlos alte Bekannte entstiegen dem Wagen. Dietmar Hund und Manfred Haffmann. Etliche Auseinandersetzungen hatte Karlo mit den beiden schon ausgefochten. Das Verhältnis zu den Polizisten war von heftiger gegenseitiger Antipathie geprägt. Karlo hatte einige voreilige Anschuldigungen der beiden Streifenbeamten auf seine ganz eigene Art entkräftet. Weniger mit Werkzeugen der allgemein bekannten Kriminaltechnik. Karlo benutzte eher die Instrumente der von ihm höchstselbst entwickelten Kriminalironik.

Im übrigen konte man das Gebaren der beiden ungelenken Beamten zuweilen auch als berufliche Selbstverstümmelung bezeichnen. Karlo traf also nicht immer die volle Schuld am Scheitern der beiden Polizisten.

Karlo wusste aber zu gut, dass die beiden ihn, sollte sich eine Gelegenheit ergeben, nicht schonen würden. Er würde sich deshalb im Hintergrund halten.

„Ausgerechnet die", ließ auch Karl Einser vernehmen. „Du überlässt das Reden besser mir."

Karlo hatte zwar schon selbst beschlossen, sich dieses Mal zurückzunehmen. Trotzdem kam ihm ein hämisches „Ach! Der Herr Kölner. Und der Herr Kuhl nebst dem Kollegen Einser. Wie sollte es anders sein!" entgegen, als Hund und Haffmann breitbeinig auf den Eingang des Hauses zugestiefelt kamen.

Karlo blieb also still. Allerdings runzelte sich seine Stirn, als er sah, wie Dietmar Hund zum Zwecke des Hausbetretens die beiden Türklinken anfasste. Zuerst die äußere, danach noch einmal die innere. Ohne Handschuhe.

Einser hatte es auch bemerkt und konnte nicht anders. „Äh, Herr Hund? Meinen Sie nicht auch, dass Fingerabdrücke von Polizeibeamten nichts an einem mutmaßlichen Tatort zu suchen haben?"

Hund riss die Augen auf und schaute erschrocken auf seinen Kollegen herab. Der kleine Haffmann hingegen blieb cool. Er zog ein Papiertaschentuch aus der Uniformtasche, ging zur Tür und wischte die Klinken sorgfältig ab. „So. Das war das."

Erst schaute er triumphierend in die Runde, dann böse zum Kollegen Hund. „Na los, dann hol mal die Gummihandschuhe", befahl er. „Ich geh derweil nach oben." Er musterte die drei Gemäldetransporteure misstrauisch. „Sie bleiben draußen und rühren sich nicht vom Fleck. Wir haben noch Fragen. Einige Fragen", bekräftigte er.

Karlo senkte den Kopf, drehte sich zur Seite und schmunzelte. Auch Einser biss sich auf die Lippen, um ein Grinsen zu vermeiden. Das Problem mit Karlos Fingerabdrücken hatte sich gerade von selbst gelöst.

Als Dietmar Hund, nun immerhin handschuhbewehrt, das Haus erneut betrat, kam ihm die aufgeregte Stimme Haffmanns aus dem ersten Stock entgegen. „Dietmar. Ruf die Kollegen. Hier oben liegt einer!"

„Gut aufgepasst", brummelte Karlo sarkastisch.

Haffmann wollte gerade die Kollegen anrufen, da erst fiel ihm Maiforst auf. Karlo kannte er, ebenso Kuhl und Einser. Das hatte seine ganze Aufmerksamkeit gefordert. Und dann noch das Blut und die Leiche – er hatte den Kunsthändler ganz übersehen.

Er trat auf ihn zu. „Und Sie sind?“, fragte er, in leicht überheblichem Tonfall. Auch Dietmar Hund kam näher und besah sich den elegant gekleideten Mann interessiert.

„Mein Name ist Maiforst, Norman Maiforst“, begann er, „und bevor Sie fragen: Ja, ich habe heute dem Herrn Steuben ein ...“

„Weshalb sind Sie eigentlich hier?“, blaffte Haffmann misstrauisch. Maiforst wurde ärgerlich.

„Dürfte ich möglicherweise ausreden, Herr ...?“

„Zeigen Sie mal bitte Ihren Personalausweis“, mischte sich Hund harsch ein.

Der Kunsthändler zuckte mit den Schultern und griff gehorsam in die Innenseite seines Sakkos.

„Halt!“, brüllte Haffmann und fiel Maiforst ungestüm in den Arm. „Lassen Sie die Hand, wo sie ist!“

„Was soll *das* denn?“ Maiforst war verwirrt und versuchte, den kleinen Polizisten abzuschütteln. Kollege Hund griff mit ein und packte den Galeristen beim anderen Arm.

„Ganz ruhig bleiben. Wir machen das schon für Sie. So, jetzt die Hand langsam raus aus der Jacke. Gaaanz langsam.“

„Ja, seid ihr denn narrisch“, ereiferte sich Karl Einser. „Glaubt ihr denn, Herr Maiforst will euch umlegen?“

„Was wir glauben, entscheiden wir immer noch selbst“, gab Hund schroff zurück. „Da ist doch mehr drin als nur eine Brieftasche.“ Hund hatte den weißen Umschlag bemerkt. Er zog Maiforsts Brieftasche aus dem Sakko und warf sie seinem Kollegen zu. „Da, überprüfe das mal.“ Haffmann nahm sich den Umschlag und schaute mit großen Augen hinein.

„Schau mal an. Was haben wir denn da?“ Er funkelte

Maiforst an wie einen kleinen Jungen, den man beim Bonbonstehlen erwischt hat. „Du lieber Himmel, das sind ja Tausende! Woher stammt das Geld?“

„Neunzehntausend, um genau zu sein. Und zu Ihrer Frage: Das dürfte doch klar sein, oder?“

Hund hatte alles mitbekommen und hielt dem Kunsthändler die Brieftasche vor die Nase. „Ausweis ist in Ordnung. Das Geld ist erst einmal sichergestellt.“

„Was soll das heißen? Sichergestellt? Das ist immer noch mein Geld. Das hat Herr Steuben an mich bezahlt. Für ein Gemälde, das ich in seinem Auftrag erstanden habe.“

„Welches Gemälde?“, fragte Haffmann ungeduldig.

„An der linken Wand. Im Wohnzimmer. Herr Kölner hat es gleich aufgehängt. Mein Kunde wollte das.“

„Ach! Wenn das so ist, dann kommen Sie bitte mit, Herr Maiforst. Zeigen Sie uns das Bild.“ Haffmann fasste den Kunstfachmann am Arm und führte ihn ins Haus. „So! Welches Bild haben Sie Herrn Steuben verkauft?“

Maiforst stand an der Tür und schaute entsetzt an die linke Wand. Ihm wich das Blut aus dem Gesicht. „Das kann doch nicht sein!“, stammelte er. „Vorhin hing es noch an der Wand. Da, sehen Sie doch, die leere Bildleiste. Jemand muss es gestohlen haben!“

„Gestohlen.“ Haffmann schenkte Maiforst einen mitleidigen Blick, führte ihn wieder nach draußen und feixte seinen Kollegen breit an. „Wie ich's mir gedacht habe. Da ist kein Bild.“ Den Hinweis auf die verwaiste Aufhängung überhörte er geflissentlich.

„Na, dann sehen wir uns die anderen Herren auch an.“ Hund hatte Blut geleckt.

„Besser ist das“, stimmte Manfred Haffmann zu. „Los

Kölner, komm her." Der Beamte legte den Umschlag mit dem Geld auf den Türpfosten neben der Hecke, die den kleinen Vorgarten einzäunte, und nahm eine drohende Haltung ein. Oder das, was er dafür hielt.

Karlo trat näher und breitete ergeben die Arme auseinander. Haffmann klappte Karlos Lederjacke auf.

„Was ist denn das? Ja, da schau her. Noch so ein Umschlag. Wir haben wohl einen guten Fang gemacht. Mal sehen, wie sich unser Freund diesmal rausreden will."

Der Uniformierte zog den Umschlag aus Karlos Jacke und entnahm ihm den Inhalt. Die Enttäuschung kam augenblicklich. „Zwei Bilder. Und jede Menge Namen und Adressen. Was soll das denn?"

Haffmann nahm eines der Bilder und hielt es Karlo vors Gesicht. „Wer ist das?"

„Sag du es mir."

„Jetzt werd bloß nicht frech, Freundchen. Wer ist das?"

„Es wird nicht besser, wenn du dich wiederholst, Haffmann. Außerdem brauche ich euch das nicht zu sagen. Ich ermittle im Auftrag von Georg Gehring, wenn euch der Name was sagt. Und diese Unterlagen gehören zu den Ermittlungen. Wenn ich also bitten dürfte." Karlo streckte die Hand fordernd aus.

„Bis feststeht, was hier passiert ist, darfst du gar nichts. Das Zeug stellen wir natürlich auch sicher."

Haffmann steckte alles wieder in das Couvert zurück. Dann nahm er den Umschlag mit dem Geld vom Pfosten.

„Das darf doch nicht wahr sein", ereiferte sich Karlo. „Ruft jetzt vielleicht endlich mal jemand die Polizei?"

Haffmann schenkte Karlo einen bösen Blick.

Freitag, 26. September
Frankfurt am Main

7

Auf der Fahrt zum Tatort war Kriminalkommissar Harald Reichard genervt. Hauptkommissar Schönhals, Nachfolger Georg Gehrings bei der Frankfurter Kriminalpolizei wie auch notorischer Hypochonder, hatte sich ein neues medizinisches Feld erschlossen.

„Es gibt Mediziner", dozierte er und musterte Reichard am Steuer des Wagens scharf, „bedeutende Mediziner, die versichern, Beweise dafür zu haben, dass Ebola auch durch die Luft übertragbar ist. Das heißt, eigentlich braucht man sich seine Hände gar nicht mehr zu waschen. Nutzt nichts, wenn das stimmt. Und *ich* neige dazu zu glauben ..."

„*Ich* neige dazu zu glauben, dass Händewaschen zumindest andere Infektionen eindämmen könnte. Wenn ich schon an Ebola sterbe, muss ich nicht noch eine Vogelgrippe dazu haben", grinste Reichard.

„Sie nehmen mich nicht ernst, Sie medizinischer Laie", versetzte Schönhals. Dann griff er sich an die Stirn und fuhr mit maliziösem Grinsen fort: „Aber wenn Sie die Anfangssymptome von Ebola kennen würden, mein Lieber, wären Sie mit Sicherheit sehr beunruhigt in meiner Gegenwart." Das Grinsen verstärkte sich. „Vor allem, wenn Sie von meinen latenten Kopf- und Gliederschmerzen und dem leichten Fieber wüssten, das ich seit gestern mit mir herumschleppe."

„So. Bitte schön, wir sind da“, wechselte Reichard entnervt das Thema, froh, nicht mehr auf die pseudowissenschaftlichen Erörterungen seines Chefs eingehen zu müssen. Er stellte den Dienstwagen am Straßenrand ab, schaute nach hinten und öffnete die Tür. Beim Aussteigen hörte er einen überraschten Ausruf seines Vorgesetzten.

„Herr Reichard, schauen Sie mal – die da, die kennen wir doch!“

Es war eine ungewöhnliche, eher erstaunte Begrüßung gewesen. Alles hätten Kommissar Reichard und Hauptkommissar Schönhals erwartet, nur nicht diese Anhäufung bekannter Personen.

Vor allem nicht Karlo Kölner. Wieder mal an einem Tatort. Wäre Reichard alleine dagewesen, hätten ihm die Aussagen der vier am Tatort Angetroffenen vielleicht gereicht. Hauptkommissar Schönhals hatte seinem Kollegen aber unmissverständlich klargemacht, dass er keinerlei Versäumnisse dulde. Er räumte zwar ein, Kölner habe schon öfter der Polizei weitergeholfen. Dies schließe aber die Möglichkeit nicht aus, der Ex-Knacki könne in alte Gewohnheiten zurückfallen.

Haffmann indes hatte sich das Beste bis zum Schluss aufgehoben. Gerade wollte er den Triumph auskosten und vom sichergestellten Geld berichten, da meldete sich das Funkgerät. Haffmann ging, immer noch mit den beiden Umschlägen in der Hand, zum Wagen. Nervös öffnete er die Wagentür. Karlos Unterlagen und den Umschlag mit dem Geld legte er fahrig auf dem Wagendach ab. Dann ließ er sich ins Auto fallen. „Ja, was gibt's?“ Ärger erschien auf seinem Gesicht. „Ja, gut, gebt uns fünf Minuten. Wir sind noch – ja, ist ja gut! Alles klar. Bis gleich."

Eilig lief er zurück. „Brauchen Sie uns noch, Herr Schönhals? Dieser verdammte Personalmangel, es ist zum Kotzen. Wir müssen zu einem Einsatz." Schönhals winkte ab, und die Streifenbeamten setzten sich in den Funkwagen.

Hund startete den Motor, legte den Gang ein. Gleichzeitig schlug er das Lenkrad voll ein, gab Gas und versuchte, mit einem Zug auf der Straße zu wenden. Ein sinnloses Unterfangen im engen Überlinger Weg.

Ein lautes Hupen übertönte das Geräusch der durchdrehenden Räder, Bremsen kreischten, Reifen quietschten und ein Schwall nicht stubenreiner Kraftausdrücke ergoss sich über die beiden Beamten. Ein Wagen der Müllabfuhr kam mit einem Schnaufen zum Stehen, nur eine Handbreit vor dem blau-weißen Dienstfahrzeug.

„Dietmar! Das Auto hat auch einen Seitenspiegel, weißt du?" Haffmann hatte sich erstaunlich schnell wieder gefasst. „Besserwisser", knurrte Hund böse zurück, legte krachend den Rückwärtsgang ein und setzte zwei Meter retour. Dann aktivierte er Blaulicht und Martinshorn, knüppelte den Schalthebel wieder in den Vorwärtsgang und gab Gas. Ein hässliches Krachen links außerhalb des Wagens kündete von einer Kollision. Kollege Haffmann blies mit blasiertem Blick die Backen auf. Dann revidierte er seine Aussage mit gerunzelter Stirn: „Ich korrigiere. *Hatte* muss es heißen. Vergangenheit. Das Auto *hatte* einen Seitenspiegel."

Schönhals bekam von alledem nichts mit. Das Kreischen der Bremsen war ihm zwar aufgefallen, aber ihn plagten andere Sorgen.

Denn in genau diesem Moment hörte er es. Dieses feine fiese Geräusch, nervtötend, gefährlich, direkt neben seinem Kopf.

Erschrocken riss er die Augen auf und begann wild um sich zu schlagen. „Nein“, kreischte er. „Bitte, keine Stechmücken. Meine Allergie. Diese Riesenquaddeln. Hautirritationen, Atemnot, Blutvergiftung, Malaria!“

Er ruderte mit den Armen. Plötzlich hielt er inne. Das Geräusch war mit einem Mal verstummt. Hektisch blickte der Kriminalbeamte um sich.

Da.

Sein Gesicht bekam unvermittelt einen boshaft-zufriedenen Ausdruck. Ja, da, direkt vor ihm, da saß das Vieh. Dick und fett und vollgesogen. Er hob langsam die Hand, ganz vorsichtig näherte er sich der Schnake mit dem Handballen. Er hielt die Luft an, bevor er zuschlug.

Treffer!

Sadistische Zufriedenheit zeigte sich auf seinem Gesicht. Ein großer Blutfleck prangte an der weißen Wand.

Schönhals drehte sich zu Karlo um und deutete auf die winzige Leiche an der Wand. „Eine Menge Blut für so ein kleines Tier“, stellte er fest. „Aber zum Glück nicht meines“, schickte er noch erleichtert hinterher.

Karlo stand mit offenem Mund da und versuchte, die skurrile Szene zu verarbeiten.

Schönhals hatte umgehend die Spurensicherung angefordert. Er überlegte, ob er die vier „Verdächtigen“ nach Hause schicken konnte. Er fühlte sich leer. Momentan fiel ihm nichts mehr ein, das er hätte fragen können.

Außerdem schien sein Fieber schlimmer zu werden.

„Bevor wir jetzt gehen – für das Geld bekomme ich doch noch eine Quittung, oder?" Der Kunstberater war noch einmal an Kommissar Reichard herangetreten. Reichard schaute Maiforst verständnislos an. „Geld? Welches Geld?"

Als Maiforst von der Sicherstellung berichtete, schüttelte der Kriminalbeamte verzweifelt den Kopf. „Warum haben Sie sich keine Quittung geben lassen?"

Maiforst rastete aus. „Jetzt bin *ich* noch schuld, dass mein Geld weg ist? Wollen Sie mir das erzählen? Sehen Sie zu, dass ich den Umschlag zurückbekomme, sonst stehe ich morgen mit meinem Anwalt auf der Wache, das kann ich Ihnen versprechen."

Kuhl zog unwillkürlich die Schultern ein. So aufgewühlt kannte er seinen kunstsinnigen Freund nicht.

Schönhals war aufmerksam geworden und kam herbeigeeilt. „Was ist denn hier los? Welches Geld? Um was geht es denn überhaupt?" Er schaute Maiforst an und machte eine beschwichtigende Geste. Ohne Erfolg.

„Das habe ich gerade Ihrem Kollegen erklärt", brüllte Maiforst außer sich. „Sie hören von mir, verlassen Sie sich drauf. Zum Glück gibt es drei Zeugen." Dann drehte er ab. „Dilettanten!", würgte er noch angewidert hervor, als er auf den Transporter zuging.

Dann waren die vier gefahren.

Kurz darauf fuhr auch der Wagen der Müllabfuhr wieder weiter.

Eine Stunde später betraten Dietmar Hund und Manfred Haffmann das siebte Revier in Fechenheim.

„Hauptkommissar Schönhals hat nach euch gefragt." Der diensthabende Beamte musterte die beiden durchdringend.

„Ja ja, der Mord“, bestätigte Haffmann betont lässig. Er hakte die Daumen in den Hosenbund. „Schlimme Sache, sah nicht schön aus. Und wisst ihr auch, wen wir am Tatort angetroffen haben?“

Der Diensthabende ignorierte die Frage. „Schönhals war ziemlich aufgeregt, kann ich euch sagen.“

„Ach ja?“, schaltete sich Hund spöttisch ein. Auch er hatte den hypochondrischen Kriminalbeamten schon öfter erlebt. „Hat er seine Tabletten vergessen?“

„Davon hat er nichts gesagt. Er möchte das sichergestellte Geld ausgehändigt bekommen. Heute noch. Hat er gesagt.“

„Geld?“ Manfred Haffmann verschluckte sich. Einen Augenblick verharrte er wie gelähmt. Dann hechtete er mit drei Sprüngen ans Fenster der Wache, riss es auf und schaute zum Streifenwagen. Sah das Dach.

Nur das Dach!

„Scheiße! Verdammte Scheiße! Verdammte, verblödete, verdreckte, verkackte Scheiße!“

Freitag, 26. September
Frankfurt am Main

8

Am Tatort standen Reichard und Schönhals in einer Ecke des Wohnzimmers und redeten sich die Köpfe heiß.

„Wegen neunzehntausend Euro bringt man doch niemanden um“, mutmaßte Schönhals.

„Hallo? Da haben wir schon anderes erlebt, oder etwa nicht? Außerdem, für den Kunsthändler schien es ziemlich viel zu sein. So wie sich der aufgeregt hat.“

„Hoffentlich melden sich die zwei vom Siebten bald und bringen uns das Geld. Sonst gibt es ein Problem.“

„Warum sollen sie es nicht bringen?“ Reichard verstand nicht.

„Wäre bestimmt nicht das erste Mal, dass ein Polizist ...“ Schönhals ließ den Rest bewusst offen.

„Also – das ist doch kompletter Quatsch“, konterte Reichard. „Erstens gibt es drei Zeugen, die gesehen haben, wie das Geld ausgehändigt wurde ...“

„Allesamt Verdächtige. Und das Gemälde ist weg. Wenn es überhaupt existiert“, unterbrach Schönhals und rieb sich heftig die Augen. Dann zog er ein Taschentuch hervor und schnäuzte sich kräftig.

„... und außerdem kenne ich die beiden“, fuhr Kommissar Reichard seine begonnene Rede unbeirrt fort. „Die sind zwar ein bisschen speziell. Aber sie sind mit Leib und

Seele dabei, die sind sauber. Der Kölner bringt sie nur immer ein wenig aus der Spur. War bei mir früher nicht anders. Aber Sie haben es doch auch schon mitbekommen. Eigentlich ist er ein guter Kerl. Nur eben ziemlich – na ja – übermotiviert."

Schönhals nieste laut und schnäuzte sich erneut. „Er hat aber auch eine Vergangenheit. Und keine besonders ruhmreiche."

„Jetzt kommen Sie schon, Herr Schönhals. Er hat alles abgebüßt. Außerdem glauben Sie doch nicht, dass Herr Kuhl oder unser Kollege Einser bei einem Bordellbesitzer einbrechen, um ihn umzulegen und neunzehntausend Euro mitgehen zu lassen, die irgendwo unbeaufsichtigt warten."

„Ist ja schon gut. Ich täte mir allerdings leichter, wenn das Gemälde da wäre."

„*Wenn* es da war, hat es der Mörder mitgehen lassen. Es war genug Zeit, bis die vier noch einmal zurückgekommen sind", grübelte Reichard.

„Über den Kunsthändler wissen wir noch nichts. Da sollten wir noch einmal nachhaken. Sehen Sie zu, was Sie über ihn in Erfahrung bringen können."

„Natürlich."

„Und dann die Telefonnachweise. Ist dieser Maiforst wirklich noch einmal von Steuben angerufen worden? Das würde klären, ob seine Geschichte stimmt. Wenn es keinen Anruf gibt, dann gibt es auch kein Gemälde. Weil es dann niemand hätte stehlen können. Außer unseren vieren. Sie haben doch einen Blick in den Transporter geworfen?"

„Da war nichts. Der war leer."

„Gut, dann müssen wir als Erstes schleunigst unsere Hausaufgaben machen."

Schönhals' letztes Wort ging in einem dramatischen Niesanfall unter.

Kommissar Reichard wich erschrocken einen Schritt zurück. Er wartete, bis der Anfall seines Vorgesetzten abgeklungen war. Die Stimme des Hauptkommissars rasselte. Sie klang asthmatisch und war begleitet von einem leichten Pfeifen. „Gibt es hier etwa Katzen?"

Reichard presste die Lippen aufeinander. *„Katzenallergie"*, dachte er. *„Das ist neu."*

Laut sagte er dann: „Wir sollten höllisch aufpassen, Herr Schönhals. Ich habe gehört, Bordellbetreiber halten sich auch schon mal Leoparden!"

–

Einen Tag lang hielt es Reichard noch aus. Dann rief er seinen ehemaligen Chef an. Es wurde ein längeres Telefonat. Auch Haffmanns Dilemma mit dem verlorenen Geld ließ er nicht aus. Die Szene mit dem Müllauto und dem beschädigten Seitenspiegel, die der Kollege Schönhals nicht mitbekommen hatte, setzte er noch als Sahnehäubchen obendrauf.

Gehring musste trotz des Ernstes der Lage grinsen. Ja, das sah Pat und Patachon ähnlich

Danach schloss sich Gehring mit einer sehr großen Kanne Wacker's Kaffee der Sorte *Wiener Mischung* in seinem Büro ein und dachte nach.

Freitag, 26. September
Hofbieber in der Rhön

9

Paul Perlig aus Hofbieber in der Rhön war ziemlich aus der Spur. Der schüchterne Mann hatte sich ein Herz gefasst und seine hübsche Nachbarin Sina zum Essen eingeladen. Doch dazu bedurfte es eines Anstoßes.

Angefangen hatte alles damit, dass sich einige ihrer gemeinsamen Freunde aus Frankfurt angesagt hatten. Allen voran hatte Karlo Kölner vor ein paar Wochen die Initiative ergriffen und Paul Perlig bekniet, er solle wieder einmal seine herausragende Kochkunst zelebrieren. Natürlich um diese im Rahmen einer rauschenden Party dann auch im größeren Kreis entsprechend zu würdigen.

Der eigentliche Grund für Karlos Drängen aber war: Karlo wollte die Tatsache feiern, dass er nach langen Monaten der Trennung wieder mit seiner geliebten Jeannette zusammen war.

Dass Jeannette Müller die beste Freundin von Pauls Nachbarin Sina Mehler war, hatte den Ausschlag gegeben. Paul hatte zugesagt, zunächst etwas zähneknirschend, dann aber voller Vorfreude, denn Karlo hatte kurzerhand die meisten seiner Freunde mit eingeladen, um sie an seiner Freude teilhaben zu lassen. Paul freute sich sehr darauf, die alten Bekannten wiederzusehen.

Angesagt hatten sich neben Wolfhard Kuhl, seiner Frau

Kristin und deren Sohn Gerri auch Karl Einser und Georg Gehring, gemeinsam mit seiner Frau Martina.

Dann aber hatte einer nach dem anderen abgesagt. Zuerst Georg Gehring und seine Frau. Dann kam Karlo mit einem Rückzieher. Ein Auftrag, hatte er diffus erklärt. Er müsse Georg Gehring bei einer Ermittlung unterstützen, deshalb fehle einfach die Zeit.

Paul hatte das Gesicht verzogen und an Karlos chaotische Art gedacht. Ein klein wenig besorgt war er, als Karlo nicht so recht mit der Sprache herausrücken wollte. Paul war zu diesem Zeitpunkt ahnungslos, als wie berechtigt sich seine Sorge in den nächsten Tagen herausstellen sollte.

Zum Glück hatte Paul noch nicht eingekauft. Durch die Absagen war jedoch auch eine gute Gelegenheit verstrichen, mit Sina etwas näher zusammen sein zu können. Wenn auch in Gesellschaft einiger Freunde.

Pauls Schüchternheit war legendär, im Freundeskreis sprach man ziemlich offen darüber. Doch es schien, als ob die langjährige im Geheimen gepflegte Liebe zu seiner Nachbarin nun endlich darauf drängte, freigelassen zu werden.

Bei Sina war man sich nicht ganz sicher. Die meisten tippten darauf, dass sie einfach abwartete. Und dass sie ihre Tür weit öffnen würde, wenn Paul anklopfte.

Tja: wenn.

Nun, wie sagt man so schön: Wollen hätte er schon mögen, aber dürfen hatte er sich nicht getraut. Deshalb hatte er auch nicht angeklopft, sondern mit trockenem Mund und feuchten Händen nach der Absage der Freunde seine Angebetete angerufen. Auch Sina war hörbar traurig gewesen. Sie hätte Jeannette gerne wieder einmal gesehen.

„Ich dachte, weil wir doch beide den Tag für die Feier

reserviert hatten", hörte sie Paul mit rauer Stimme herumdrucksen. Es hörte sich an wie eine Entschuldigung. „Und nun hat keiner so richtig was vor", stocherte er weiter.

Lange Pause. Paul räusperte sich. Wieder Stille.

„Ja, Paul? Und?"

Paul nahm erneut Anlauf. Dann brach es endlich aus ihm heraus. „Wollen wir beide nicht zusammen essen gehen? Wäre doch schade um den Abend, ich lade dich ein, und ..."

Erschrocken brach er ab, als Sinas glockenhelles Lachen durch den Hörer drang, und sein Mut sank.

Doch Sina sprach weiter.

„Tolle Idee, Paul. Du hast völlig recht. Lass uns das Beste aus dem Abend machen."

Paul hatte durchaus klare Vorstellungen, wie das Beste aussehen könnte. Allerdings lähmte ihn seine verdammte Schüchternheit wieder einmal. Und sein Herz klopfte bis zum Hals.

Der überaus ambitionierte Hobbykoch hatte einen Tisch im *Puppenhaus am Brunnen* direkt beim Bürgerhaus in Dipperz reserviert. Heute wollte er nur für Sina da sein und nicht den Abend über am Herd stehen, um danach für das gute Essen gelobt zu werden, ansonsten aber nach abgestandener Küchenluft und in Bratfett ertränktem Sexappeal zu duften. Nein, das hatte Paul diesmal nicht vor.

Schon zweimal war er mit Arbeitskollegen in dem hübschen kleinen Restaurant in Dipperz gewesen. Paul war nicht abgehoben, nein, aber doch anspruchsvoll, wenn es ums Essen ging. Und das Essen im Puppenhaus hatte ihn überzeugt. Hier hatte zweimal alles gestimmt – inklusive der netten Bedienung. Und dieses Wochenende – Paul hatte auf der Internetseite nachgeschaut – stand *geschmorte Bauernente auf Wokgemüse mit Honig-Soja-Sauce und gemischtem Reis* auf dem Plan, außerdem reizten ihn die Fischvariationen: *Verschieden zubereitete Filets vom Zander, der Rotbarbe und dem Dorsch mit Sesamkartoffeln.* Ganz zu schweigen von seinem Lieblings-Nachtisch: *Crème-Brulée mit Orangen und Lavendel an Beerengrütze.*

Paul hatte beschlossen, bei gutem Wetter nicht mit dem Auto zu fahren, sondern den Weg zum Restaurant zu einem längeren Spaziergang zu nutzen. Eine gute Stunde hatte er für den Weg veranschlagt, das erschien ihm nicht zu viel. Sina liebte ausgedehnte Spaziergänge, das wusste er. Und tatsächlich rannte er eine offene Tür ein.

„Das habe ich mir auch schon überlegt“, freute sich Sina, als er sie darauf angesprochen hatte. „Ich dachte, wir könnten zum Langenbieberer Sportplatz rübergehen und von da ein Stück durch den Wald laufen. Da haben wir richtig Hunger, wenn wir ankommen. Und für den Rückweg rufen wir uns ein Taxi, einverstanden?“

Sina und Paul waren früh losgegangen. Sie waren übereingekommen, das schöne Wetter zu nutzen und keinen Gewaltmarsch zu veranstalten.

Von Hofbieber wählten sie den Weg am Rande des Waldes unterhalb von Schloss Bieberstein, von da aus gelangten sie nach Langenbieber, liefen linkerhand am Gasthof Zur Linde vorbei, dann hielten sie sich links Richtung Mariengrotte, vorbei an der ehrwürdigen alten Lärche, und erreichten schließlich durch das obere, das „alte“ Neubaugebiet, den Sportplatz des TSV Langenbieber.

Kurz darauf hatte sie der Wald verschluckt.

Wie zufällig streifte plötzlich Sinas Hand den rechten Handrücken ihres Nachbarn. Er zuckte zusammen wie unter einem Stromschlag und wollte die Hand verschämt zurückziehen. In diesem Moment spürte er Sinas weiche Hand erneut. Sie griff nach ihm, Paul hielt die Luft an. Dann, ganz langsam, zögerlich, als könne er Sinas Hand zerbrechen, fasste er zu. Ein paar Schritte gingen sie schweigend nebeneinander her, Paul lief wie auf Wolken, es gab keine Luft mehr, er atmete das reine Glück. Die Vögel schienen verstummt, auch der Wald, die ganze Umgebung schien wie eingefroren. Unwillkürlich verlangsamte sich sein Schritt, schließlich blieb Paul stehen und drehte sich zaghaft der Frau an seiner Seite zu. Er nahm all seinen Mut zusammen.

„Sina, ich ..."

„Pssst."

Sina zog ihn an sich und legte den Zeigefinger sanft auf seine Lippen. Pauls Knie wurden weich.

Sinas Lippen näherten sich seinem Mund.

Ein lautes Knacken drang aus dem Unterholz neben dem Weg. Wildes Schnaufen begleitete die schnelle Abfolge von schweren Schritten. Sina und Paul stoben auseinander, als hätten sie ein schlechtes Gewissen, erschrocken, aufgewacht aus einem verbotenen Traum.

„Was ist das, Paul?"

Sinas Augen waren weit aufgerissen. Paul spähte angestrengt in die langsam einsetzende Dämmerung. Noch konnte er im Dickicht nichts erkennen. *Irgendetwas* war da, und es kam näher. Die unheimlichen Geräusche wurden lauter. Paul griff sich Sinas Arm und wollte sie wegziehen.

„Vielleicht ein Wildschwein. Komm, Sina, wir machen

uns lieber aus dem Staub. Man weiß nie. Ich habe gehört, die können mittlerweile in unseren Breiten ganzjährig Junge haben, da sind sie aggressiv."

Doch Sina machte sich los und starrte wie hypnotisiert in den Wald und war nicht von der Stelle zu bewegen. Sie schien etwas zu sehen, schnappte nach Luft, bekam aber keinen Ton heraus.

„Sina, was ist denn?" Paul Perlig war beunruhigt. „Komm endlich weg von hier", drängte er und griff erneut nach der Hand seiner Nachbarin. Dann hob er den Kopf und schaute geradeaus.

Geradewegs in die Mündung.

Der Mann war aus dem Unterholz gestürmt und versperrte nun den Weg. Er hatte die Arme auf Brusthöhe vor sich gestreckt und zielte mit einem Trommelrevolver abwechselnd auf Sina und Paul. Was Paul aber am meisten irritierte: Die Waffe war das Einzige, das der Mann bei sich trug.

Ansonsten war er nackt.

„Ziehen Sie sich aus!", klang es Sina und Paul entgegen.

„Lassen Sie die Frau in Ruhe!", empörte sich Paul, nahm all seinen Mut zusammen und stellte sich schützend vor seine Nachbarin.

„Ach was, Sie meine ich!" Der Nackte deutete auf Paul. „Ziehen Sie sich aus!", wiederholte er. „Entschuldigung, ich will nichts von der Frau. Sie meine ich, ja, Sie."

Es klang wie ein Befehl, aber auch etwas schüchtern, gehemmt.

Paul konnte mit der Situation nichts anfangen. Er fühlte sich wie gelähmt.

„*Ich* soll mich ... was soll das Ganze?"

Der Nackte hob die Waffe etwas an. Er klang unsicher, verzweifelt.

„Bitte. Tun Sie, was ich sage."

Als auf den Befehl keine Reaktion erfolgte, wurde der Ausdruck auf seinem Gesicht ärgerlich. Er schwenkte den Revolver hin und her. „Ich sag es bestimmt nicht noch mal", zischte er scharf.

„Paul, tu, was er sagt", flüsterte Sina heiser. „Er wird uns erschießen. Bitte spiel nicht den Helden."

Paul schoss das Blut in den Kopf. Die Gefahr, in der er sich befand, hätte er spielend ignorieren können. Diese Peinlichkeit jedoch erschien ihm als die schlimmste, in der er sich je befunden hatte. Widerwillig begann er, sich seiner Kleider zu entledigen.

Paul schüttelte den Kopf. Wenn er schon in Sinas Gegenwart unbekleidet war, hätte er der Situation dringend etwas mehr Romantik gewünscht.

„Und jetzt gehen Sie! Na, los, verschwinden Sie schon. Bitte." Der Nackte hatte die Waffe wieder angehoben. Wieder zeigte sich dieser verzweifelte Ausdruck in seinem Gesicht. „Es tut mir leid!", stieß er aus und trat einen Schritt vor. Paul und Sina wichen zurück, Paul bedeckte notdürftig mit beiden Händen, was er glaubte bedecken zu müssen. Doch niemand hatte in diesem Augenblick einen Blick für Pauls primäre Geschlechtsorgane.

Der nackte Mann war mittlerweile dabei, Pauls Garderobe zu seiner eigenen zu machen. Er zwängte sich in die viel zu kleinen Textilien des konsternierten Hobbykochs. Sina tat das Gegenteil, zog sich ihr langes Shirt vom Leib und gab es Paul.

„Hier! Ihre Schlüssel.“ Klimpernd fiel dem erstaunten Paul der Schlüsselbund vor die Füße, den der Räuber in der linken Tasche von Pauls Hose entdeckt hatte.

Das Geld aus der rechten Tasche behielt er.

Minuten später trennte sich das Trio endgültig. Ein vor kurzem noch nackter Mann lief, wenn auch in viel zu engen Kleidern, doch immerhin komplett angezogen, durch die langsam in der Dämmerung versinkende Rhön.

An einem Waldrand zwischen Langenbieber und Dipperz aber blieb ein seltsames Pärchen zurück. Eine Frau in Jeans, oberhalb der Gürtellinie nur mit einem BH bedeckt, und ein verstörter Mann, der aussah, als trage er ein kurzes, viel zu enges Nachthemd, warteten auf die völlige Dunkelheit. Sina und Paul hatten vor, die Finsternis zu nutzen, um auf diskreten Schleichwegen möglichst unauffällig und ohne zusätzliche Peinlichkeiten nach Hofbieber zu ihren Häusern zu gelangen.

Jetzt waren es die Fußsohlen Pauls, die zu schmerzen begannen. Er hoffte missgelaunt und enttäuscht, das Tragen der höchstwahrscheinlich viel zu engen Schuhe würde dem Kleiderdieb qualvolle Hühneraugen bescheren.

Paul hatte sich danach überwinden müssen, gemeinsam mit Sina zur Polizei zu gehen. Am liebsten hätte er sich zu Hause mit einer Flasche Single Malt verkrochen und das Erlebnis schlichtweg ertränkt. Aber Sina hatte natürlich recht. Die Geschichte mit dem Kleiderraub war das eine. Es war zwar ärgerlich, aber die Welt würde sich auch weiterdrehen, wenn man nichts unternahm, um den Räuber aufzufinden. Selbst die knapp vierhundert Euro, die sich in Pauls Hosentasche befunden hatten, wären zu verschmerzen gewesen.

Die Feuerwaffe allerdings, die der nackte Mann bei sich führte, war das andere. Paul konnte beim besten Willen nicht einschätzen, was in dem Mann vorging. Er war verstört. Mindestens. Wie konnte man diese merkwürdige Begebenheit einschätzen? War das ein Verrückter – oder war einfach nur etwas Verrücktes passiert? Vielleicht war der Mann selbst ein Opfer, doch wieso hatte er eine Waffe?

Noch an diesem Abend machten sich die beiden auf den Weg zur Polizei. Denn egal, wer er auch war: Man musste den Mann mit dem Revolver finden, damit nicht etwas Schlimmeres geschehen würde.

Wenn es nicht schon geschehen war.

Noch am selben Abend,
Fulda, Polizeirevier

10

„Ich weiß nicht recht." Sina schaute den Beamten unschlüssig an. „Er hatte zwar eine Waffe, aber ich bin mir jetzt gar nicht sicher, ob er wirklich geschossen hätte. Obwohl ich natürlich fürchterliche Angst hatte und Paul – Herrn Perlig, meinen Nachbarn – gebeten hatte, nicht den Helden zu spielen."

„Natürlich." Der Beamte hob den Kopf. „Sie haben genau das Richtige getan. Man kann ja nie wissen, was in dem Kopf von so einem Kerl vorgeht."

Paul glaubte, in den Mundwinkeln des Polizisten den winzigen Ansatz eines spöttischen Lächelns zu sehen. Er presste die Lippen aufeinander. Vielleicht war es nur eine Täuschung? Trotzdem stieg Ärger in ihm auf, und er musste sich beherrschen, um nicht dem Beamten eine vermutlich unpassende Bemerkung an den Kopf zu schleudern. Er atmete tief durch, drehte den Kopf und sah in Sinas Gesicht. War da nicht das gleiche spöttische Lächeln? Er verkrampfte sich. Verdammt noch mal, was war nur los mit ihm? Er dachte an den Moment, bevor der Nackte aus dem Unterholz hervorgebrochen war. Dieser Moment – fast wäre er der glücklichste Mensch der Welt gewesen. Alles hatte sich wie von selbst gefügt, seine Schüchternheit war einem unglaublichen Gefühl gewichen, er hätte gleichzeitig lachen und weinen können, er ...

... eine genauere Beschreibung geben. Hallo, Herr ...?“

Paul zuckte zusammen. Verwirrt sah er den Polizisten an. „Beschreibung? Natürlich, ja, klar, die Beschreibung.“ Paul hatte sich wieder gefasst. „Er war jedenfalls nicht klein“, begann er. „Vielleicht eins fünfundachtzig bis eins neunzig.“

„Alter?“, drang es Paul routinemäßig ans Ohr.

„Tja, ich denke mal, so Anfang bis Mitte dreißig. Aber da täuscht man sich ja leicht.“

„Haare?“

„Kurze Haare, aber sehr dicht.“ Paul strich sich unwillkürlich über seine eigenen, etwas schütter werdenden blonden Haare, die er schon jahrelang etwas länger trug. „Dunkelbraun, sehr dunkel, wenn ich mich recht erinnere“, legte er nach. „Die Wangen ein wenig unrasiert, so, als hätte er keine Gelegenheit dazu gehabt.“

„Gelegenheit?“

„Na, sich zu rasieren.“

„Ach so. Also kein gewollter Dreitagebart.“

„Aber rasiert war er schon!“, platzte es urplötzlich aus Sina heraus.

„Bitte?“ Auch Paul hatte die Stirn gerunzelt, der Uniformierte schaute Pauls Nachbarin überrascht an.

„Ich denke, er war unrasiert?“

„Nein, doch, ich meine, na ja ...“

„Ach, Sie meinen ...“

„Ja. Genau da!“ Sina wirkte erleichtert.

Paul wurde rot. Je mehr er versuchte, es zu unterdrücken, desto vehementer stieg ihm das Blut in den Kopf. Und wieder war da dieser spöttische Zug um die Mundwinkel des Polizisten – oder?

Paul spöttelte zurück: „Man sagt doch: Je niedriger die

Hecke, desto höher wirkt das Haus." Kaum waren diese Worte heraus, biss er sich auf die Zunge. Was war ihm denn da herausgerutscht? Er wurde dunkelrot.

Einen Moment war es still. Peinlich still. Paul hätte sich am liebsten unsichtbar gemacht. Es sollte für den schüchternen Mann aber noch schlimmer kommen. Sina durchbrach die Stille.

Nur die Stille, nicht die Peinlichkeit.

„Das hatte er nun wirklich nicht nötig", rutschte es ihr heraus.

Paul hielt die Luft an.

Nun war das leichte Lächeln in den Mundwinkeln des Staatsdieners nicht mehr spöttisch. Es war unverschämt.

So empfand es Paul.

Der Beamte indes blieb stumm. Er schaute Sina nur abwartend an und zog die Augenbrauen auffordernd hoch.

„Nun, er war – sagen wir mal: gut ausgestattet", versuchte sie zu erklären. „Also – auffällig gut, meine ich." Ein verschämter Blick streifte den Polizisten. „Sie suchen ja besondere Merkmale, oder?", fügte sie unsicher hinzu.

„Verstehe", murmelte der Polizist und kratzte sich nun seinerseits etwas verlegen am Kopf. Wie sollte er das am elegantesten im Protokoll ausdrücken? Er überlegte kurz, und seine Finger huschten über die Tastatur. Dann ließ er Sina links liegen und schaute Paul an.

„Sonstige Merkmale?"

„Aha", dachte Paul mit einem Mal vergnügt. *„Dir ist es also auch peinlich."* Er grinste zufrieden und nahm sich vor, noch eins draufzusetzen.

„Na ja", Paul genoss seine wiedergewonnene Sicherheit. „Er hatte nicht nur ein Ding wie ein Pferd", stieß er aus, „er war auch noch sehr muskulös. Richtig sportlich, sehr professionell, war mein Eindruck."

„Ja, stimmt", mischte sich Sina begeistert ein. „Er hatte einen richtigen ..."

„... Waschbärbauch", unterbrach Paul grinsend.

Auf dem Gesicht des Beamten erschien ebenfalls ein Grinsen. Ein ehrliches Grinsen. Diesmal.

Doch Paul war noch nicht fertig. „Je mehr ich drüber nachdenke, desto mehr frage ich mich, ob ich den Mann schon mal gesehen habe. Sein Gesicht kam mir bekannt vor."

Sina war erstaunt. „Das hast du ja noch gar nicht erwähnt."

„Ist eigentlich auch nur so ein Gefühl." Dann grinste Paul böse. „*Ich* zumindest habe ihm wenigstens auch ins Gesicht geschaut."

„Aber Sie wissen nicht, wo!", unterbrach der aufnehmende Beamte den drohenden Streit.

„Wo ich ihn gesehen habe? Nein." Paul schüttelte den Kopf. „Leider nicht. Ich bin auch gar nicht sicher, ob."

Der Polizist dachte an Sinas Aussage und hakte nach. „Vielleicht ein Sportler? Ein Schwimmer? Ich meine, weil der doch am – äh, am Körper rasiert war?"

Sina hob die Hand. „Am Körper war er ja gar nicht rasiert", wandte sie ein. „Nur am – na ja, wie bereits gesagt."

„Ich verstehe nicht ganz."

„Was ich meine ist: Auf der Brust hatte er schon Haare."

„Aha!" Der Polizist schien zu überlegen. Sina und Paul warteten ab. Paul kochte innerlich.

„Würden Sie ihn denn wiedererkennen? Ich meine, ganz sicher wiedererkennen?"

„Na klar!“, kam es postwendend im Chor.

„Ich frage, weil wir den Aufwand rechtfertigen müssen. Aber es handelt sich hier immerhin um bewaffneten Raub, und wir wissen nicht, was der Bursche noch vorhat. Den Fall wird deshalb die Kripo weiterbearbeiten“, erklärte der Polizist. „Es wäre vielleicht hilfreich – vorausgesetzt Sie sind sich wirklich sicher – ein Phantombild zu erstellen.“

„Klar, das können wir gerne machen. Wenn es hilft, den Kerl zu identifizieren. Und wie ...“

„Wir melden uns morgen bei Ihnen und machen einen Termin. Sie müssten dann aufs Präsidium in die Severingstraße fahren. Es kommt nämlich extra eine Frau aus Wiesbaden.“ Der Beamte runzelte die Stirn und überlegte angestrengt, „Fellmann heißt sie, glaube ich – oder so ähnlich“, vermutete er zersteut. „Sie beherrscht ein spezielles Computerprogramm, um Gesichter so lebensecht wie möglich nachzustellen. Sie sollten aber schon zwei bis drei Stunden einplanen. Und wirklich sicher sein, ihn gut beschreiben zu können.“

Paul gab sich sehr überzeugt. „Ich sehe sein Gesicht genau vor mir!“

„Richtig. Das Gesicht. Darum geht es.“ Der Polizist musterte Sina, und seine Mundwinkel zuckten. „Zumindest der Frau Fellmann!“

Paul war froh, als sie wieder auf der Straße waren. Diesen Tag hätte er liebend gerne aus seinem Leben gestrichen.

„Auf was du alles achtest, wenn dir ein Mann begegnet. Und ich dachte immer, auf die Größe kommt es nicht an.“

Dieses Mal war Paul sicher: Sinas spöttisches Lächeln war echt.

Samstag, 27. September
Kaufhaus Karstadt, Fulda

11

Leonie und Martha steckten die Köpfe zusammen und kicherten. „Ich frage mich, wie der Typ in *diese* Klamotten reingekommen ist."

„Das ist die neuste Mode. Körperbetont. Das trägt man heute so. Solltest du als Verkäuferin wissen." Marthas spöttisches Gesicht strafte die Aussage Lügen.

„Ist immerhin einiges dran an seinem Körper, das man betonen kann."

„Ach! Gefällt er dir?"

„Also bitte!", entrüstete sich Leonie. „Jetzt hör aber auf! Wirkt ein wenig verkommen, der Typ, was? Ich stehe nicht auf struppige Männer. Möchte aber schon gerne wissen, was das für einer ist. Vielleicht sollte man ein Auge auf ihn haben."

„Er gefällt dir also doch!"

„Jetzt mach aber mal einen Punkt. Was ich meine, ist, wir sollten aufpassen, dass er nicht die Klamotten mitgehen lässt, die er ausgesucht hat. Ist schon ein merkwürdiger Typ. Außerdem hat er mehr als vier Teile dabei."

Der Mann ging mit einem großen Stapel Kleidungsstücken auf dem Arm zu den Umkleidekabinen.

Martha ließ nicht locker. „Dann sag doch Harry Bescheid. Für was geistert der denn ständig durchs Haus? Er soll mal ein Auge auf ihn haben."

„Du redest von unserem neuen Stardetektiv? Vielleicht ist er ihm schon selbst aufgefallen. Kann gut sein. Der hat ja seine Augen überall."

„Nicht nur seine Augen", kicherte Martha.

„Wie meinst du das denn?" Leonies Neugier blitzte auf. „Läuft da was, das ich noch nicht weiß? So schnell?" Dann besann sie sich wieder und wurde sachlich. „Aber du hast schon recht. Ich geh mal hoch. Kannst ja in der Zwischenzeit ein Auge auf den Kerl haben."

Martha wandte sich ab und schlenderte zu den Umkleidekabinen. Vor der einzigen belegten Kabine blieb sie stehen. Der Vorhang bewegte sich noch. Martha wartete einen Moment, dann trat sie leise noch ein wenig näher. Durch einen kleinen Spalt zwischen Vorhang und Kabinenwand konnte sie ein kleines Stück der Sitzgelegenheit sehen, die an der Wand angebracht war. Sie hörte einen Reißverschluss ratschen, und etwas polterte zu Boden. Ein leiser Fluch ertönte, der Vorhang beulte sich ein wenig aus. Der Mann schien sich zu bücken, sein Hintern wölbte sich deutlich unter dem Vorhang der Verkäuferin entgegen. Verschämt wollte sie schon abdrehen. Ein wenig genierte sie sich – warum bloß sollten sie jemanden verdächtigen, bevor er etwas getan hatte? Im gleichen Moment konnte sie einen Blick in die Kabine erhaschen. Der Vorhang hatte sich durch die Berührung um ein paar Millimeter geöffnet. Martha hörte ein leises Klacken, als der Fremde einen Gegenstand auf der Sitzgelegenheit ablegte. Als sie erkannte, was es war, bekam sie große Augen.

Und große Angst.

Paul lief über den Universitätsplatz, geradewegs auf den Eingang von Karstadt zu. Er hatte sich heute frei genommen, aus zwei Gründen. Der erste Grund war, dass er auf den Anruf der Kripo gewartet hatte. Der war auch gekommen, die Polizei hatte schnell reagiert. Und so war er mit Sina auf dem Präsidium erschienen. Zusammen mit Frau Fellmann – der Beamte auf dem Revier hatte sich richtig erinnert – hatten sie über zwei Stunden an einem Phantombild gebastelt. Zum Schluss hatte Sina aufgeregt gerufen: „Genau! Das ist er, genau so sah er aus!" Und auch Paul war erstaunt, was die Technik, die von Frau Fellmann perfekt beherrscht wurde, zu leisten imstande war.

Der zweite Grund für Pauls Fernbleiben von seiner Arbeitsstelle hing ebenfalls mit dem Überfall zusammen. Paul hatte seine neue schwarze Jeans bei dem Raub eingebüßt, genau wie das flotte anthrazitfarbene Hemd und das sommerlich-leichte schwarze Leinensakko. Diese Lücke galt es zu schließen, da er vorhatte, einigermaßen angemessen gekleidet zu sein, sollte sich eine neue Chance ergeben, Sina zum Essen auszuführen. Er hoffte sehr auf diese Chance, seine Gedanken kreisten wie immer um kaum etwas anderes.

Sina war nach Hause gefahren, und Paul hatte Kurs auf das Kaufhaus genommen. Gedankenverloren drückte er die Eingangstür auf, kurz darauf stand er vor der Rolltreppe zum ersten Stock.

Der plötzliche Tumult riss ihn jäh aus seinen Träumen. Ein Mann stürmte mit großen Sprüngen die Rolltreppe gegen die Fahrtrichtung herunter. Zahlreiche Verwünschungen begleiteten ihn auf seinem Weg, eine Frau war gestürzt und schrie aus Leibeskräften.

Paul riss die Augen auf. Dieses Gesicht!

Dann kam der Aufprall. Er wurde zurückgeschleudert, sein Kopf prallte an einen Wühltisch. Einen Augenblick setzte der Schmerz Paul außer Gefecht. Als er wieder klar denken konnte, sah er erneut ein bekanntes Gesicht. Der Polizist, der gestern die Anzeige aufgenommen hatte, kniete vor ihm. Paul verzog das Gesicht und griff sich an den Hinterkopf. Es fühlte sich feucht an. Er musterte seine Hand und sah ein wenig Blut an den Fingerspitzen. „Sie?", wunderte er sich. „Was machen Sie denn hier?"

Auch der Uniformierte erkannte Paul sofort. „Wir sind gerufen worden. Jemand soll mit einem Revolver in der Umkleidekabine hantiert haben."

Paul wurde hektisch. „Haben Sie ihn?"

„Wen?"

„Den Typen, der mich überfallen hat."

Der Beamte lachte auf. „Ein bisschen Zeit müssen Sie uns schon lassen. Das Bild ist doch noch nicht mal verteilt."

„Aber er war doch gerade hier. Kam die Rolltreppe runtergerast und hat mich umgerannt. Sind Sie denn nicht deswegen hier?"

Der Uniformierte schien verwirrt. „Wer war hier?"

„Na, der Kerl, der uns gestern überfallen hat, Sina und mich. Im Wald. Was sagen Sie? Umkleidekabine? Das war er. Das muss er gewesen sein. Haben Sie ihn?"

Nun fiel der Groschen. „Das war derselbe Mann? Das darf doch nicht wahr sein. Der war schon weg, als wir kamen. Leider!"

Paul atmete tief durch. Dann kam ihm eine Idee. „Haben Sie schon in der Umkleidekabine nachgesehen?"

„Was? Nachgesehen? Ach so. Nein, noch nicht. Wir sind gerade eben angekommen. Sie meinen ..."

„Vielleicht hat er ja meine Kleider hiergelassen. Die haben ihm nicht richtig gepasst. Der Kerl war bestimmt hier, um sich passende Klamotten zu kaufen. Und warum soll er Kleidung, die ihm nicht passt, wieder mitnehmen?"

„Da haben Sie recht. Gut. Sehen wir mal nach." Er blickte sich nach Martha um, die ihn in Empfang genommen hatte. „Zeigen Sie uns die Kabine? Wenn wir Glück haben, finden wir vielleicht Hinweise. Los, los, bevor Kunden alles durcheinanderbringen." Der Beamte hatte es plötzlich eilig.

„Keine Angst", kam es prompt von der Verkäuferin. „So weit haben wir schon gedacht. Meine Kollegin Leonie ist oben und passt auf, dass niemand die Kabine benutzt", plapperte sie eifrig und lief los. „Kommen Sie, ich bringe Sie hin." Marthas Schock war einer gewaltigen Neugierde gewichen.

„Ja, das sind meine Sachen. Kann ich sie mitnehmen?"

„Sie können sie sich abholen, wenn die Untersuchungen abgeschlossen sind. Aber jetzt nehmen wir alles erst einmal mit. Haben Sie bitte Verständnis."

Paul nickte stumm. Dann würde es wohl dabei bleiben, und er müsste nach ein paar neuen Sachen Ausschau halten. „Brauchen Sie mich noch?", wandte er sich schließlich an den Polizisten.

„Nein, nein. Wenn wir Sie noch brauchen, melden wir uns bei Ihnen." Der Beamte trat einen Schritt auf Paul zu. „Zeigen Sie mal Ihren Kopf. Sie bluten ja. Soll ich Ihnen einen Krankenwagen rufen?"

Paul zog ein Taschentuch hervor, tupfte die Wunde ab und betrachtete den Blutfleck. „Nein. Ist schon in Ordnung. Ist keine große Sache."

„Sicher?" Der Uniformierte klang nicht überzeugt.

„Sicher. Es geht mir gut."

Samstag, 27. September
Rhön

12

Das war knapp gewesen.

Die neue Hose, das Hemd und eine Fleecejacke passten. Dann die Verkäuferin, diese blöde Kuh.

Sie hatte geplärrt wie am Spieß.

Flucht! Raus hier.

Schreiende Leute, die Rolltreppe, die stürzende Frau. Dann das Polizeiauto. Sirene, Blaulicht. Nichts wie weg.

Wohin bloß?

Der Busbahnhof.

Zum Glück hatte er vorher schon einen Rucksack gekauft sowie einige andere Sachen besorgt.

Dann der erstbeste Bus.

Raus aus der Stadt.

Während der Busfahrt lichtete sich ein kleines Stück des Schleiers, der sein Gedächtnis umfing.

Es wurde heller.

Die Bank – er war noch in der Bank gewesen, freilich. Die Bankkarten, die er mitgenommen hatte.

Das Geld! Siedend heiß fiel ihm das viele Geld ein.

Einen kleineren Teil davon hatte er als Anzahlung für seine „Bestellung" übergeben. Das war ihm jetzt klar. Aber mit seiner Kleidung war auch der größere Teil des Geldes verschwunden. Und er hatte immer noch keine Ahnung, wie es dazu gekommen war.

Nun dieses kleine Zimmer in einer Pension im Ortskern von Kleinsassen. Er war Kurzurlauber und Wanderer.

Warum nicht?

Von den vierhundert Euro, die sich in der Hosentasche des schmalen Mannes befunden hatten, waren noch gut einhundertsechzig übrig. Er hatte etwas gegessen und seine Unterkunft für zwei Tage im Voraus bezahlt.

Er brauchte dringend neues Geld.

Was war bloß passiert? Was, was, was?

Neues Licht, ganz plötzlich.

Der Krach mit seiner Frau. Die Flucht. War es Flucht gewesen?

Und Michelle. Natürlich, sie hatte sich gemeldet. Das Telefongespräch.

Der Treff im Frankfurter Hauptbahnhof. Der Mann war nicht gekommen. Das Handy hatte geklingelt, und er war sicher, dass er beobachtet wurde. Die Einigung. Dann hatten sie ein zweites Treffen vereinbart – vor der „Lieferung" sollte ein Vorschuss gezahlt werden. Das war normal, oder?

Brunner war beim zweiten Treffen in einen Wagen gestiegen. Ein Becher Kaffee, daran konnte er sich noch erinnern. Dieser dubiose Typ, die Angst.

War er zu weit gegangen? War alles ein grauenvoller Fehler? Der Mann hatte angefangen zu reden, und dann – ein paar Schlucke Kaffee aus dem Pappbecher – und nichts mehr.

In der ersten Szene, an die Brunner sich wieder erinnern konnte, herrschte Dunkelheit. Und Furcht.

Kurz darauf hatte die Dämmerung eingesetzt. Er war fast wahnsinnig vor Kopf- und Gliederschmerzen gewesen.

Und diese Waffe. Drei leere Hülsen in der Trommel. Das war es, was ihn am meisten beunruhigte.

Polizei?

Plötzlich schoss ihm das Blut in die Wangen. Ein weiterer Fetzen Erinnerung kam zurück.

Das Hotel am Hauptbahnhof. Seine Sachen. Das Geld!

Vorher der Streit. Sein plötzlicher, sein spontaner Plan! Seine Frau? War sie etwa schon ...? Er schob den Gedanken weit von sich, als er an die drei leeren Patronenhülsen dachte. Er sollte, nein, er musste die Waffe loswerden.

Eigentlich.

Und jetzt?

War er reingelegt worden?

Alle schienen mittlerweile nach ihm zu suchen.

Inklusive ihm selbst.

Montag, 29. September
Frankfurt am Main

13

Die letzten vier Tage waren nur so vorbeigerast. Karlo hatte sich die Liste noch einmal von Gehring ausdrucken lassen, da sie zusammen mit Maiforsts Geld verschwunden war.

Mittlerweile war er mit fast allen Namen und Adressen durch. Niemand hatte ihm auch nur einen kleinen Hinweis geben können. Es schien, als hätte Florian Brunner in der letzten Zeit kaum noch Kontakte gepflegt. Auch Georg Gehring hatte leider bislang nichts Greifbares herausgefunden.

Karlo überlegte gerade, ob er sich bei Gehring melden sollte, da klingelte sein Handy. Er hob ab.

„Paul!“, rief er überrascht. „He, alter Junge, wie war’s am Freitag? Hat alles geklappt? Hast du Sina eingeladen?“

Einen Augenblick herrschte betretenes Schweigen. Dann hörte Karlo, wie sich Paul räusperte. „Ich hab sie eingeladen.“

„Und?“ Karlo platzte fast vor Neugier.

Wieder machte Paul eine Pause. Karlo bohrte weiter. Etwas schien nicht zu stimmen. „Was ist denn los? Ist was schiefgegangen? Jetzt erzähl schon.“

„Okay. Ich erzähl’s dir. Aber du darfst nicht lachen. Das musst du mir versprechen.“

„Was ist denn passiert?“

„Versprich es mir!“

„Ja, schon gut. Ich lache nicht. Versprochen.“

Als Paul geendet hatte, schwankte Karlo zwischen Lachen und Entsetzen. Das war vielleicht mal eine Geschichte! Ein Nackter in der Rhön überfällt Leute und nimmt ihnen die Klamotten ab? Karlo riss sich mühsam zusammen.

„Und ihr habt ein Phantombild erstellt, sagst du?"

„Genau. Das war im Gegensatz zum eigentlichen Geschehen total cool", schwärmte Paul. „Die Frau, die das mit uns gemacht hat, versteht ihr Handwerk. Das Bild ist wirklich hundert Prozent geworden. Ist heute schon in der Zeitung."

Karlos Interesse wuchs. „Schick mir das Bild doch zu. Ich würde es gerne mal sehen."

„Was willst du denn damit? Aber okay, meinetwegen", stimmte Paul zu. „Ich hab die Fuldaer Zeitung hier liegen. Ich nehm es auf und schick es dir aufs Handy. Kannst ja mal zurückrufen, wenn es angekommen ist."

„Mach ich. Bis dann."

„Bis dann."

Das Bild war etwas verschwommen, Karlo war deshalb nicht vollständig sicher. Doch er war sofort elektrisiert. Er huschte in Jeannettes Zimmer und warf den Computer an. Nach fünf Minuten erschien die Website der Fuldaer Zeitung auf dem Bildschirm. Fassungslos starrte er auf das Phantombild. Im Schnelldurchlauf überflog er den dazugehörigen Artikel. Im Wesentlichen war das die Geschichte, die ihm Paul erzählt hatte. Natürlich waren die Namen der Beraubten nicht erwähnt. Aber nicht nur die Geschichte kam ihm bekannt vor. Sondern auch noch die Person auf dem Phantombild.

Sofort rief er Gehring an.

„Hallo, Herr Gehring. Große Überraschung. Schalten

Sie schnell Ihren PC ein. Ich habe da was. Sie werden es nicht glauben. Ich denke, heute kommen wir ein Stück weiter. Schauen Sie sich doch mal die Tagesnachrichten auf *www.fuldaerzeitung.de* an." Ungeduldig wartete er, bis Gehrings Rechner hochgefahren war. Die Reaktion kam prompt.

„Ist das nicht Brunner? Verdammt noch mal, Herr Kölner! Das ist doch Brunner. Wo haben Sie das her?"

Karlo erzählte ihm Pauls Geschichte, er konnte Gehrings Erstaunen praktisch greifen.

„Unglaublich! Die Welt ist klein."

„Ja, sieht so aus. Was machen wir jetzt?"

„Zuerst informiere ich die Kollegen in Fulda."

„Ex-Kollegen."

„Schon gut, Herr Kölner. Aber das muss ich machen. Wir können das nicht zurückhalten."

„Ja. Ist schon klar", räumte Karlo unwillig ein. „Aber ich kann ja trotzdem ..."

„Ja, selbstverständlich. Wir kümmern uns natürlich drum. Aber lassen Sie mich bitte erst mit Malena Brunner reden. Ich möchte ihr die Neuigkeiten nicht vorenthalten. Vielleicht hat sich Brunner ja auch bei ihr gemeldet."

Gehring dachte noch einen Moment nach. Dann fiel ihm Reichards Bericht ein. „Was ist das eigentlich für eine Geschichte, in der Sie da drinstecken?"

„Geschichte? Ach, hat Ihr ehemaliger Kollege geplaudert? Der tote Puffbetreiber? Das ist gar keine Sache. Kuhl, Einser und ich, wir haben nur einem guten Freund geholfen, ein Bild auszuliefern. Und dabei haben wir den Toten entdeckt. Das ist alles. Sie glauben doch nicht etwa ..."

„Quatsch. Mich geht das ja auch gar nichts mehr an. Das muss Reichard auf die Reihe kriegen."

„Dann melden Sie sich also wieder bei mir?“
„Mach ich. Bis dann.“
Gehring legte auf.

–

Malena Brunner war verständlicherweise entsetzt. Sie hatte ebenfalls keine Erklärung für die Neuigkeiten.

„Florian hat die letzten Jahre viel Mist gebaut, daran bin ich gewöhnt. Aber, Herr Gehring, wenn das stimmt, was Sie mir erzählt haben ... nein, mir fällt dazu überhaupt nichts ein. *Nackt* sagen Sie? Was bedeutet das denn? Und eine Waffe? Wie kommt er an eine Waffe?“ Eine Gänsehaut lief ihr den Rücken hinunter. „Und was will er damit?“

–

Zur gleichen Zeit bekam Manfred Haffmann einen Anruf, der ihm gar nicht gefiel. Obwohl – mit Vivian Schnell, unter den Kollegen auch als *die flotte Vivi* bekannt, hätte er sich unter anderen Umständen gerne unterhalten. Er mochte die hübsche Frau, wobei *hübsch* nicht der richtige Ausdruck war. Frau Schnell war eine verdammt scharfe Nummer. Haffmann mochte sie sehr. Und erstaunlicherweise war es schon öfter zu einem offenen Flirt zwischen den beiden gekommen. Das Unangenehme an Vivian war, dass sie in der Abteilung für interne Ermittlungen arbeitete. Und in genau dieser Eigenschaft rief sie nun an.

Haffmann geriet ins Stottern. „D-d-dieser verdammte Stress. Nur deshalb ist das passiert, Vivian. Ich habe es doch in den Bericht geschrieben. Ich habe den Umschlag aufs

Dach vom Wagen gelegt, und dann kam dieser Einsatz. Als wir später am Revier ankamen, war der Umschlag weg. Das musst du mir glauben."

„Manfred. Es kommt doch nicht drauf an, was *ich* glaube. Es gibt ein paar Leute bei uns, die haben dich sowieso auf dem Kieker. Und du gießt gerade Wasser auf ihre Mühle, meinst du nicht? Die wollen dir einen Strick aus der Sache drehen, und wie es aussieht, bekommen sie das auch hin. Ich will dich doch nicht reinreiten. Ich rufe dich nur an, weil ich dich vorwarnen will. Du musst dir was einfallen lassen."

„Einfallen lassen? Das sagt sich so leicht. Was soll ich machen?"

Vivian klang ein wenig verlegen. „Na ja, ich sag es mal so: Wenn du weißt, wo das Geld verlorengegangen ist, wäre es besser, wenn du es wiederfindest und abgibst."

„Du glaubst mir nicht."

„Das ist nicht der Punkt. Was die anderen glauben, darauf kommt es an. Ehrlich, ich rufe nur an, weil ich dich warnen will. Ich kriege fetten Ärger, wenn das jemand mitbekommt, das weißt du."

„Ja, ist klar. Danke schön. Ist wirklich lieb von dir. Ich sag es noch mal: Es war wirklich so, wie es im Bericht steht. Ich hab das Geld aufs Wagendach gelegt und dann ..."

„Und dein Hund kann das nicht bestätigen? Der könnte doch wenigstens sagen, dass ..."

„Mein Hund?" Haffmann runzelte die Stirn.

„Mensch, Manfred! Dein Kollege!"

„Ach so, du meinst Dietmar. Du kennst doch Dietmar."

„Eigentlich nicht so richtig."

„Jetzt komm schon, Vivian. Der hat doch auch nicht

gerade ein Stein im Brett bei euch. Lass uns Dietmar einfach raushalten. Sonst behaupten die noch, wir würden uns die Kohle teilen.“ Haffmann gab ein schnaubendes Geräusch von sich. „Ja, ich weiß schon. Den Umschlag aufs Dach zu legen war nicht besonders klug von mir.“

„Mach dir nichts draus“, flötete die flotte Vivi dem bekümmerten Streifenpolizisten ins Ohr.

Leichte Ironie schwang mit, als sie noch hinzufügte: „Alle Menschen sind klug, Manfred. Die einen vorher, die anderen hinterher.“

Montag, 29. September
Frankfurt am Main

14

Rezzo klang verärgert. „Norman, jetzt stell dich nicht so mädchenhaft an. Du kannst dir ganz risikolos ein paar Euro verdienen. Ich will wirklich nur deine Meinung hören. Ehrlich."

Norman Maiforst war genervt. Rezzo! Wenn Rezzo Sendlinger die Worte *risikolos* und *ehrlich* benutzte, konnte das nur bedeuten, dass die Sache stank. Nein, mit Rezzo machte er keine Geschäfte, auch wenn der dicke, kleine Mann mit der Halbglatze eine Menge Verbindungen besaß. Aber eines war sicher: Wer sich auf Rezzos Geschäfte einließ, hatte bald die Polizei im Haus. Oder Schlimmeres.

Rezzo hatte seinen kommerziellen Werdegang vor vielen Jahren mit einer kleinen Galerie in der Neuen Mainzer Straße in Frankfurt begonnen. Maiforst hatte in der Anfangszeit ein paar Bilder bei ihm gekauft, die von Kunden in Kommission gegeben worden waren. Damals gab es für Maiforst noch keinen Grund zum Zweifel an Rezzos geschäftlicher Integrität, und der hatte das ein oder andere respektable Geschäft mit ihm gemacht.

Es schien also alles ganz gut zu laufen. Doch schnell musste er erkennen, dass schöne Bilder zu verkaufen nicht so einfach war, wie er sich das vorgestellt hatte. Als es der Zufall wollte, dass ein entfernter Bekannter dringend Geld brauchte, und ihn fragte, ob er ihm mit der kurzfristigen

Beleihung seiner Rolex Submariner aus dem Jahr 1956 helfen könne, ließ er sich darauf ein. Auf seine ganz eigene Weise: Rezzo machte einen Vertrag mit dem Bekannten und lieh ihm fünfzehntausend Euro. Viel Geld für Rezzo. Geld, das er sich deshalb erst selbst beim freundlichen Kredithai um die Ecke besorgen musste.

Als der unglückliche Bekannte nach den vereinbarten zwölf Monaten das Geld wie vermutet nicht zurückzahlen konnte – natürlich nebst kräftiger Zinsen – ging die Uhr in den Besitz von Rezzo über. Ein Interessent war schnell gefunden, zumal Rezzo den Chronometer für fünfundfünfzigtausend angeboten hatte – ungefähr fünfzehntausend Euro unter dem eigentlichen Wert. Natürlich musste der bauernschlaue Rezzo ebenfalls Zinsen bezahlen. Bei der pünktlichen Ablieferung derselben an den Wucherer seines Vertrauens hatte ihm dieser ein goldzahnbewehrtes Lächeln geschenkt und ihm bedeutet, er könne jederzeit erneut um finanzielle Unterstützung nachsuchen.

Nach Abzug der Zinsen, immerhin fünftausend Euro, war Rezzo noch ein Gewinn von fünfunddreißigtausend Euro verblieben. Was Rezzo naturgemäß auf eine Idee brachte. Und kurz darauf war ein neuer strahlender Stern am trüben Himmel des Frankfurter Pfandleihgeschäfts aufgegangen. Und für manch verzweifelten Bankrotteur auch das Tor zur Hölle.

„Rezzo“, beschwor Maiforst deshalb den beleibten Scharlatan, „du weißt, dass ich keine Geschäfte mit dir mache. Das ist vorbei. Niemals. Schlag dir das aus dem Kopf. Ein für allemal. Das kann ich mir nicht leisten.“

„Du sollst gar keine Geschäfte mit mir machen. Will ich doch gar nicht. Du sollst dir nur ein Bild ansehen. Ich habe den Verdacht, dass es etwas Teures sein könnte. Ich habe schon Ahnung von Gemälden. Aber du weißt einfach mehr. Du, Norman, du siehst doch immer gleich, was los ist."

„Keine Chance, Rezzo. Ich lege jetzt auf."

„Halt, nein. Lass mich doch erklären. Bitte. Es ist anders, als du denkst. Ich möchte bloß deine Meinung hören. Du sollst mir nur sagen, ob es echt ist. Mehr nicht. Ohne Scheiß." Rezzo lauschte in den Hörer. Maiforst hatte noch nicht aufgelegt. Es war wohl nötig, noch einen Happen nachzulegen. Gut, dann musste er etwas mehr preisgeben.

„Norman, alter Schwede, hör zu", begann er erneut. „Würde es dich neugierig machen, wenn ich dir verrate, dass ich eventuell einen unbekannten Beckmann hier habe?"

„Waaas? Einen Beckmann? Mach keine Sachen. Das ist doch unmöglich. Wo hast du den gestohlen?"

„Ich habe nichts gestohlen. Ich mache schon lange keine krummen Sachen mehr. Ehrlich. Ein Kunde hat ihn mir vorbeigebracht und wollte genau das von mir wissen, was ich jetzt von dir wissen möchte. Ich kenn mich schon aus, das weißt du. Aber das ist mir zu speziell. Zumal es um einen Millionenbetrag gehen könnte."

Maiforsts Entdeckergeist erwachte. Nicht wegen irgendwelcher Geschäfte, schon gar nicht wegen Geld. Aber ein unbekannter Beckmann. Den auch noch *er* identifizieren könnte. Unwillkürlich schob er Rezzos üblen Ruf etwas zur Seite, wurde ein wenig zugänglicher, interessiert, neugierig, aufgeregt und auch – weich.

Mann! Ein Beckmann!

„Wo steckst du?", fragte Maiforst.

„Da, wo ich immer stecke."

„Also in Schwierigkeiten."

„Witzbold. Was ist jetzt? Kommst du?“

„Gib mir eine Stunde.“

„Ach so, Moment noch. Nicht in der Neuen Mainzer. Ich hab das Bild in meinem neuen Lager, in der Orber Straße in Fechenheim.“

„Wie kommst du denn dazu?“ Wieder wuchs das Misstrauen des Kunstberaters.

„Neue Geschäftsidee“, klang es bedeutungsvoll zurück.

Rezzos Lagerhalle war ein heruntergekommenes Betongebäude im Hinterhof eines ebenso maroden Speditionsunternehmens in der Orber Straße. Die Scheiben waren beschlagen und blind vor Dreck. Es war wie ein natürlicher Sichtschutz gegen allzu neugierige Augen. Vor den Fenstern waren mächtige, rostzerfressene Gitterstäbe angebracht. Die Stoßdämpfer von Maiforsts Wagen ächzten gewaltig, als er über den von zahllosen Frostaufbrüchen holprig gewordenen Betonweg langsam auf die verwahrloste Halle zurollte. Hohes Unkraut spross aus den pizzatellergroßen Löchern in der Zufahrt. Maiforsts ästhethisches Empfinden wurde auf eine harte Probe gestellt. Vermodernde Paletten, ein riesiger Stapel alter Lkw-Reifen, einige alte Plastikfässer kreuz und quer – der Kunsthändler wollte sich gar nicht erst vorstellen, was sich darin befunden hatte oder gar noch befand – und ein Modergeruch, der sich auf einer infernalischen Skala zwischen dem Chemiegeruch der Cassellawerke der Siebzigerjahre und einem defekten Dixie-Klo bewegte.

Maiforst hatte kein gutes Gefühl, als er vor der Tür von Rezzos Halle stand. Er holte tief Luft und klopfte widerwillig an die Metalltür.

Die Tür öffnete sich auf der Stelle. Wieselige kleine dunkelbraune Augen scannten die Umgebung vor der Halle ab. Eine flinke Zunge leckte nervös über fleischige Lippen. Silbergraue Nadelstreifen mit Weste blitzten aus dem Türspalt, ein optisches Vermächtnis aus den Sechzigern, zwanzigstes Jahrhundert. Abgetragen, aber Maßarbeit. Lange her. Über die Halbglatze gekämmtes schütteres Haar.

Rezzo.

Maiforst schaute nervös um sich. Hoffentlich entdeckte ihn niemand hier. Wer mit Rezzo gesehen wurde, verlor schneller seine Reputation, als man das Wort *Handtaschenraub* aussprechen konnte.

„Da bist du ja endlich“, flüsterte Rezzo, es klang konspirativ. „Komm rein.“

Norman Maiforst schlüpfte in die Halle. Rezzo schleuste ihn vorbei an zahllosen Kisten mit Elektronikgeräten, alles originalverpackt. Die Halle war vollgestopft mit Waren, Maiforst schaute nicht rechts und nicht links. Er wollte gar nicht sehen, was hier so alles lagerte.

Als hätte er Maiforst's Gedanken erraten, verteidigte sich Rezzo sofort. „Ist alles legal. Keine heißen Sachen. Ich handele jetzt mit Havarieware. So nennt man Güter, die bei Wasserschäden oder Bränden übrig bleiben. Wenn es noch was taugt, kaufe ich das Zeug auf. Und verkaufe es wieder. Diese Ware taucht dann oft als Sonderangebot wieder auf. Manchmal sogar bei richtig bekannten Läden. Ganz seriös also.“

Maiforst zeigte keine Reaktion und lief stumm weiter.

Am Ende der Halle angekommen, öffnete Rezzo einen Verschlag. Auch hier alles voller Waren. Einige Waschmaschinen standen auf Paletten an der Wand aufgereiht, darauf lehnte eine Reihe großer Garderobenspiegel. Die Ränder der Spiegel waren mit Styropor eingefasst, ein Teil der Fläche schaute verstaubt aus der Verpackung heraus.

„So, hier wären wir.“ Der dicke Mann zog eine Wolldecke von einem großformatigen Gemälde, das an der Hallenwand lehnte. Maiforst machte ein erstauntes Gesicht.

„Das ist ja auf der Rückseite“, stellte er überrascht fest, als er auf den Rücken eines Rahmens blickte.

„Ja. Das ist es doch gerade. Die Rückseite war mit Karton abgedeckt. Auf den Rahmen getackert. Das fand mein Kunde derart beachtenswert, dass er den Karton entfernt und darunter nachgeschaut hat. Und dabei hat er dieses Bild hier entdeckt. Was meinst du dazu?“

Als Rezzo Maiforsts gerunzelte Stirn sah, sprach er schnell weiter. „Klar, ich weiß schon. Sieht auf den ersten Blick nicht nach Beckmann aus. Aber wie du weißt, hat der frühe Beckmann auch in einem anderen Stil gemalt. Und wenn du dir mal die Signatur hier unten in der Ecke anschaust ...“

„Bisschen dunkel hier“, beklagte sich Maiforst, dem die Situation zuwider war, und kniff die Augen zusammen.

Rezzo wieselte diensteifrig zum Eingang des Verschlags und drückte einen Lichtschalter. Zwei Neonröhren flammten auf. Maiforst trat näher. Der Kunstberater musste Rezzo recht geben. Auf den ersten flüchtigen Blick kam man nicht auf Beckmann. Und wie auch sollte ein Beckmann auf die Rückseite eines völlig anderen Bildes kommen? Er ließ sich nichts anmerken und besah sich die Signatur.

„Dreh mal rum“, lenkte er nach einem Moment ab. „Ich muss erst einmal wissen, was auf der Vorderseite ist.“

„Okay, dann pack mal mit an.“

Schon beim Herumdrehen des Bildes erkannte Maiforst

die Bescherung. Zuerst bekam er einen trockenen Mund. Dann stieg sein Puls abrupt. Danach begann seine Kopfhaut zu kribbeln. Schließlich wurden ihm die Ohren heiß. *Der Waldemar Coste. Die Gerbermühle.*

Er dachte an den ermordeten Henry Steuben und bekam es mit der Angst zu tun. Hoffentlich hatte ihn niemand gesehen, als er die Halle betreten hatte!

„Ich hab's gewusst." Der Galerist presste sich beide Fäuste verzweifelt gegen die Stirn. „Ich hab's schon gewusst, als du angerufen hast", stieß er hervor. Seine Stimme bekam einen larmoyanten Ton. „Ich hätte von Anfang an die Finger davon lassen müssen. Ich hätte das Bild erst gar nicht besorgen sollen." Verzweiflung flackerte in Maiforsts Augen. „Verdammt, Rezzo, wie kommst du an dieses Teil?"

„Sag ich doch", erwiderte Rezzo erstaunt. „Von einem Kunden. Was ist denn nur los damit? Es ist doch nur ein Bild."

Maiforst musterte Rezzo eingehend.

„Ich hatte den Auftrag, genau dieses Bild aufzuspüren. Voilá, ich habe es gefunden. Das war erst vor ein paar Tagen. Ich habe das Gemälde an meinen Auftraggeber verkauft."

Rezzo unterbrach Maiforst ungläubig. „Das gibts doch nicht. An *meinen* Kunden also, und der ist dann zu mir gekommen und wollte ..."

„Nein! Ich bin noch nicht fertig, Rezzo. Wie gesagt, ich habe das Bild an meinen Kunden verkauft. Sagt dir der Name Henry Steuben etwas?"

„Klar. Kenn ich. Steuben, der Puffbesitzer. Und das ist dein Kunde? Respekt!"

„Rezzo! Liest du keine Zeitung?"

„Doch. Das heißt, nein, nicht die letzten Tage. Was ist denn los? Was guckst du mich so komisch an?"

„Jetzt hör mir mal gut zu. Das Bild wurde letzten Freitag gestohlen. Aus dem Haus Steubens. Und Steuben lag im ersten Stock, als die Polizei kam. Tot.“

„Ach du grüne Neune!“

„Mehr fällt dir dazu nicht ein?“

Rezzo blieb stumm. Aber Maiforst sah die nackte Angst in seinen Augen.

„Rezzo, wir müssen die Polizei rufen.“

„Bist du verrückt? Dann sind wir tot.“

„Das sehe ich genauso“, hörten die beiden eine Stimme von hinten. „Nicht umdrehen, Herr Kunsthändler. Es ist besser für Ihre Gesundheit, wenn Sie mich nicht sehen. Was Sie ebenfalls nicht sehen, ist die Waffe, die auf Sie gerichtet ist. Und das dürfen Sie mir ruhig glauben. Also, Herr Kunsthändler, machen Sie jetzt bitte Ihre Arbeit. Was ist mit dem Bild? Und immer schön den Rücken zu mir.“

Maiforst verfluchte sich abermals.

Schlimmer geht immer, wie wahr.

Eine kleine Hoffnung hatte der Kunsthändler. Er durfte sich nur nicht rumdrehen. So lange er nicht wusste, wer da hinter ihm stand, hatte dieser Jemand auch keinen Grund, ihn zu erschießen.

Er kroch auf allen vieren vor dem Bild herum. Rezzo hatte ihm geholfen, es wieder herumzudrehen.

Maiforst überlegte fieberhaft. Was sollte er dem Unbekannten anbieten? Was wäre besser? Es war ihm klar, hier und heute, in dieser Situation, könnte er keine hundertprozentige Analyse des Bildes hinbekommen. Dazu noch unter diesem Druck. Außerdem wäre auch eine Recherche über die genaue Herkunft der Vorderseite hilfreich.

Er hatte die Vermutung, dass er den Unbekannten am schnellsten loswerden könnte, wenn er ihm eine eindeutige Expertise lieferte. Eine Expertise, die es nötig machte, dass er sofort von hier verschwand. Wenn auch mit dem Bild, aber das war Maiforst in diesem Augenblick egal.

Der Unbekannte hatte ihm Zeit gelassen, war geduldig geblieben und hatte ihn nicht gedrängt. Wahrscheinlich kannte er sich ebenfalls aus. Also durfte er sich jetzt nicht *zu* sicher zeigen.

Trotz der Situation war er neugierig. Er zog seine rechteckige Lupe hervor, um die Signatur eingehender zu betrachten. Nach einem Moment blähten sich seine Nasenlöcher auf. Dann entschied er sich. Seine Stimme zitterte ein wenig. „Das Bild ist so echt, wie es nur sein kann."

Jetzt wurde der Fremde ungeduldig. „Was heißt das jetzt konkret?"

„Nun, derjenige, dem das Bild gehört, kann mit Fug und Recht behaupten, einen echten Beckmann zu besitzen", erklärte Maiforst etwas gestelzt.

„Das ist ja bombastisch, absolut bombastisch." Der Unbekannte klang heiser. „Es ist also wirklich echt?", bohrte er nach.

„Ja! Wirklich echt." Maiforst kam langsam und vorsichtig aus der Hocke hoch, sein Rücken schmerzte, er legte den Kopf in den Nacken. Unbewusst streifte dabei sein Blick die gestapelten Waren oberhalb der Waschmaschinen. Ein eiskalter Schreck durchfuhr Maiforst.

Er schaute direkt in das Gesicht des Unbekannten.

Maiforst blieb fast das Herz stehen. Sofort löste er den Blick von dem staubigen Garderobenspiegel über den Waschmaschinen. Seine Nackenmuskulatur wurde steinhart.

Hatte der Fremde etwas bemerkt?

Ein harter Schlag auf den Kopf beendete seine Überlegungen.

Es war schon dunkel, als Maiforst zu sich kam. Das Licht war ausgeschaltet. Er drehte sich auf den Rücken, setzte sich auf und stützte sich mit den Händen auf dem Fußboden ab. Seine rechte Hand zuckte zurück, als sie etwas Weiches berührte. Mühsam rappelte er sich auf und kam auf die Beine.

Erste Erkenntnis: Er befand sich noch in Rezzos Halle. Das war schlecht. Zweite Erkenntnis: Er lebte noch. Das war gut. Er wankte zur Tür des Verschlags und tastete nach dem Lichtschalter. Kurz darauf gingen die Neonröhren an. Er schaute um sich und gewann die dritte Erkenntnis: Das Bild war weg. Das war wieder schlecht. Er rieb sich die Augen, dann sah er es: Das Weiche, das er gespürt hatte, war Rezzo. Er lag auf dem Rücken in der Mitte des Verschlags und rührte sich nicht. Neben ihm prangte ein handtellergroßer Blutfleck, der offenbar aus der hässlichen Schusswunde gespeist wurde, die sich auf der rechten Seite seines Oberkörpers auftat. Das war ganz schlecht.

Drei zu eins für schlecht!

Der Kunsthändler versuchte, die aufkommende Panik zu unterdrücken. Er fasste in die Tasche seines Sakkos und nahm seine Lupe heraus. Nun tat er etwas, das er einmal in einem Film gesehen hatte. Er hielt das Vergrößerungsglas über Rezzos Mund und Nase und wartete ab. Nach einem Moment beschlug das Glas ein wenig.

Rezzo atmete. Er lebte also noch.

Nur noch drei zu zwei für schlecht.

Maiforst fingerte sein Handy hervor und wählte den Notruf.

Montag, 29. September
Rhön

15

Gehring hatte sich schnell wieder bei Karlo gemeldet. Der Privatdetektiv hatte nicht nur die Fuldaer Polizei über die Identität Brunners informiert, sondern einen Anruf beim Ex-Kollegen Reichard ebenfalls als selbstverständlich erachtet. Der ehemalige Polizist wollte nun Malena Brunner noch einmal persönlich aufsuchen, um sie zu befragen. Die Weinhändlerin hatte erstaunlich wenig Verständnis dafür aufgebracht, war aber schließlich einverstanden gewesen.

Karlo war deshalb die Rolle zugefallen, sich in der Rhön umzusehen und dabei womöglich Florian Brunner zu finden. Das Phantombild des Ex-Fußballers in der Tasche, hatte er sich seinen antiquierten Halbschalenhelm aufgesetzt, war auf sein MZ-Gespann gestiegen und Richtung Fulda gefahren.

Er war noch nicht sicher, wo er ansetzen sollte. Es wäre aber von Vorteil, von einem festen Standort aus zu operieren. Pauls Angebot war Karlo deshalb gerade recht gekommen. Er war sofort einverstanden, in Pauls Gästezimmer zu übernachten. Das war insofern praktisch, als er mit Paul noch einmal eingehender über die Geschehnisse reden wollte.

Gegen halb zwölf mittags lenkte Karlo sein Motorrad in die Einfahrt zu Pauls Haus in Hofbieber. Er stellte das Gespann neben Pauls Wagen ab, holte seine Tasche aus dem Kofferraum des Seitenwagens und ging zur Haustür. Paul öffnete, als Karlo auf der vorletzten der fünf Holzstufen angekommen war. Pauls graugetigerter Kater Zecke stand ebenfalls in der offenen Tür und begutachtete Karlo misstrauisch.

Paul schien sich aufrichtig zu freuen. „Komm rein. Hast du Hunger?"

Auf genau diese Frage hatte Karlo gewartet.

„Tja, wenn du so fragst ...", grinste Karlo und zog sich den Helm vom Kopf.

„Heute Mittag habe ich nichts Besonderes vorgesehen. Sind Kartoffelpuffer und selbstgemachtes Apfelkompott okay?"

Karlo lief das Wasser im Munde zusammen. „Was heißt okay? Das wäre einsame Spitze."

„Na dann, setz dich in die Küche. Ein Bierchen?"

„Nein. Noch nicht jetzt. Später", entschied Karlo schweren Herzens. „Kann sein, dass ich noch fahren muss."

Als Paul den letzten Kartoffelpuffer auf Karlos Teller schob, waren die beiden Pauls Erlebnisse durchgegangen.

„Was meinst du?", sinnierte Karlo, „wo fange ich an?"

„Vielleicht beginnst du am Busbahnhof", schlug Paul vor. „Also, ich meine, ich würde nach dem Auftritt im Kaufhaus nicht in der Stadt bleiben. Viel zu heiß. Frag mal die Leute, die stadtauswärts fahren. Vielleicht ist er jemandem aufgefallen. Oder er ist von einem Busfahrer bemerkt worden. Vielleicht hat jemand das Bild in der Zeitung gesehen. Ist halt ein bisschen Routinearbeit."

„Leider", stimmte Karlo zu. „Vielleicht rede ich auch mit den Taxifahrern, wenn der Busbahnhof nichts bringt." Er stand auf. „Gut. Dann mache ich mich mal an die Arbeit. Bis später."

Karlo stellte sein Fahrzeug auf einem freien Parkplatz in der Nähe des Busbahnhofs am Hauptbahnhof ab.

Trotz der ereignislosen Befragung verging die Zeit fast zu schnell. Einige hatten das Bild in der Zeitung gesehen, andere, die den dazugehörigen Artikel gelesen hatten, zeigten sich überaus belustigt ob der schrägen Geschichte. Als er auf die Uhr schaute, war es schon halb sechs am Abend.

Karlo drehte nachdenklich ab und wollte zu seinem Gespann gehen. Was Paul wohl kochen würde?

Er bemerkte den Mann in der blauen Uniform erst, als dieser ihm auf die Schulter tippte.

„Was machen Sie denn hier die ganze Zeit?", hörte Karlo eine misstrauische Stimme. „Suchen Sie jemanden?"

Karlo musterte den Mann überrascht. „Sie sind ...?"

„Ich bin Busfahrer. Was also tun Sie hier?", wiederholte er.

„Ich arbeite im Auftrag einer Detektei. Eine Frau aus Offenbach vermisst ihren Mann, und die Spur führt ..."

„Ist er das?" Der Busfahrer deutete auf das ausgedruckte Phantombild. „Der war doch heute in der Zeitung, oder?"

„Ja", bestätigte Karlo vorsichtig. „Möglicherweise ist das der Mann. Genau das versuche ich herauszufinden."

„Also – ich habe am Samstag einen im Bus gehabt, der sah genau so aus. Ein seltsamer Bursche. Ziemlich unrasiert, nicht besonders gepflegt. Klamotten wie ein Tourist, also, wie so ein Pseudo-Wanderer, wissen Sie?"

Karlo konnte es sich vorstellen.

„Haben Sie mitbekommen, wo er ausgestiegen ist?"

„Normalerweise merke ich mir keine Gesichter. Sind so viele. Natürlich gibt es Leute, die jeden Tag fahren. Die Stammkunden, kennt man schon. Aber der war zum ersten Mal im Bus. Gemerkt habe ich ihn mir nur, weil er beim

Aussteigen fast hingefallen wäre. Er wirkte ziemlich aufgeregt, schon beim Einsteigen. Seine Hände haben beim Bezahlen gezittert. Sagen Sie, was ist denn mit dem? Ich bin nicht dazu gekommen, den Artikel zu lesen. Hab nur das Bild gesehen. Hat er was angestellt?"

„Darf ich nicht drüber sprechen", verweigerte Karlo die Auskunft. „Aber wo ist er denn nun ausgestiegen?"

Der Busfahrer schaute beleidigt. „In Kleinsassen", ließ er dann vernehmen. „Haltestelle Kunststation. Da ist er raus."

Karlo atmete tief durch. Paul hatte recht gehabt. Brunner wollte sich erst einmal verkriechen. Nachvollziehbar, nach dieser skurrilen Vorgeschichte. Er war sicher, dass der Ex-Fußballer nicht freiwillig nackt durch das hessische Mittelgebirge stolperte. Da steckte mehr dahinter. Aber was?

„Danke schön. Das hilft mir sehr", bedankte sich Karlo. „Ach", legte er noch nach, „vielleicht behalten Sie das die nächsten paar Stunden für sich. Wissen Sie, ich würde den Erfolg gerne für die Detektei verbuchen. Wenn ihn die Polizei vorher schnappt, schauen wir in die Röhre."

„Verstehe. Wir alle können doch ab und zu eine Kleinigkeit extra gut gebrauchen. Bei den Löhnen." Das Lächeln des Busfahrers war geheuchelt verständnisvoll. Doch hinter dem Verständnis lauerte auch eine Aufforderung. Natürlich verstand Karlo sofort. Er griff in die Hosentasche, zog einen Fünfzig-Euro-Schein hervor und drückte ihn dem Busfahrer in die Hand. „Hier", grinste er gequält, „bevor ihr wieder anfangt zu streiken. Und die Polizei ..."

„Poli ... was? Weiß überhaupt nicht, was das ist."

„Lass es mich versuchen, Karlo." Paul schaute ernst. „Ich kenne drei Kleinsassener Familien, die Zimmer oder Ferienwohnungen vermieten. Vielleicht hat jemand was mitbekommen."

Karlo war das recht. Es war schon neunzehn Uhr. Auf diese Weise hatte er die Chance, in aller Ruhe das Abendessen zu genießen: saftige, zarte Kalbskotelettes vom Grill mit einer Füllung aus getrockneten Tomaten, Artischockenherzen, schwarzen Oliven, Knoblauch und Pinienkernen, abgeschmeckt mit Thymian und ein wenig Honig. Aus einer Laune heraus hatte Paul die Kotelettes schon am Tag zuvor vorbereitet, und so hatte er nur noch ein knuspriges Baguette besorgen und danach den Grill anheizen müssen.

Karlo kaute genussvoll, mit geschlossenen Augen. So entging ihm der empörte Blick von Kater Zecke, der sich schon zuvor auffällig in der Nähe des Grills herumgedrückt hatte. Keine fünf Minuten später verschwand der Grautiger verschnupft von der Terrasse.

„Beleidigt, was? Wo geht er jetzt hin?"

„Wahrscheinlich geht er rüber und lässt sich von Sina verwöhnen."

„Der Kater traut sich mehr als du, was?"

Paul schaute etwas säuerlich, ignorierte die Anspielung, legte sein Besteck auf den Teller und stellte ihn in die Spüle.

„Ich mach jetzt einen Rundruf in Kleinsassen", verkündete er dann. „Wenn wir Glück haben, wissen wir bald mehr."

„Danke, Gerhard. Nein, Quatsch, du musst dir keine Sorgen machen. Aber bitte behalte das für dich, hörst du? Mein Bekannter hier", er musterte Karlo zweifelnd, „möchte seinen Freund überraschen."

Paul legte auf und guckte Karlo nachdenklich an. Wie konnte er nur einen Alleingang des Chaoten vermeiden? Er dachte an den Revolver. Karlo war bestimmt nicht schwach und konnte kämpfen wie ein Straßenköter, aber der Gedanke an die Waffe verursachte Paul Bauchschmerzen.

„Brunner scheint bei Gitte untergekrochen zu sein“, begann er vorsichtig. „Gerhard vermietet zwar keine Zimmer, er hat aber Gittes Mann vorhin eine Bohrmaschine zurückgebracht. Da war unser Mann gerade im Begriff, einen Spaziergang zu unternehmen. Vielleicht kriegen wir ihn später noch vor der Wohnung. Dann können wir Gitte raushalten.“

Karlo schaute verständnislos. „Ich höre immer *wir*. Du hast doch nicht vor mitzufahren? Der Typ ist bewaffnet.“

Paul gab sich aufgebracht. „Das ist es ja! Und du willst da alleine hin? Wie soll das gehen? Also, entweder gehen wir zusammen oder wir rufen die Polizei.“

Paul hob die Hand, als er sah, wie Karlo widersprechen wollte. „Ich versteh ja, dass du die Lorbeeren einheimsen möchtest. Aber wenn es schiefgeht, hast du richtigen Ärger am Hals. Was machst du, wenn jemand zu Schaden kommt?“

„Aber du kannst auf keinen Fall mitkommen.“

„Warum denn nicht?

„Brunner kennt dich. Ihr seid jetzt schon zweimal aufeinandergetroffen.“

„Okay. Das stimmt. Also rufen wir die Polizei. Alleine lass ich dich da nicht hin.“

Karlo überlegte fieberhaft, wie er es anpacken sollte. Etwas in ihm flüsterte außerdem, dass Brunner mehr Opfer als Täter war. Also kein kaltblütiger Killer.

„Gib mir die Adresse des Vermieters“, forderte Karlo.

„Lass bloß meine Bekannten da raus. Ich möchte nicht, dass denen etwas passiert.“

„Was soll denn passieren? Ich will nur sehen, ob er zu Hause ist. Ich könnte einfach nach einem Zimmer fragen. Wenn du mit der Polizei auftauchst, kann es genauso schiefgehen. Ich melde mich, wenn ich was weiß. Versprochen."

„Ich komme doch mit."

„Hör zu, Paul. Ich brauche dich hier, am Telefon. Du musst für mich erreichbar bleiben, wenn was passiert."

„Ich denke, es kann nichts passieren? *Wenn* was passiert, hast du vielleicht keine Gelegenheit, mich zu erreichen."

„Paul. Es ist nicht das erste Mal, dass ich am Ermitteln bin."

Paul rang die Hände. „Ich weiß, Karlo. Ich weiß."

Brunner hatte den Tag genutzt und nachgedacht. Immer mehr Details waren zurückgekommen. Vor allem war ihm mit einem Mal bewusst, wo sein Geld war. Das Dumme war: Man hatte ihn reingelegt. Die Anzahlung für seinen Auftrag war genauso weg wie seine Klamotten und das Handy.

Der Auftrag! Was war mit dem Auftrag?

Da war immer noch dieser Nebel.

Aber er erinnerte sich wieder, wo die andere Hälfte des Geldes war. Klar – im Hotelzimmer am Bahnhof. Dort waren auch noch andere Sachen von ihm. Zum Glück hatte er das Zimmer schon für ein paar Tage im Voraus bezahlt. So musste er sich keine Sorgen machen, dass etwas wegkäme.

Er war wütend. Nicht auf sich selbst, eher auf – ja, auf wen eigentlich? Michelle? Hatte sie damit zu tun? Sie war die Einzige, bei der er ansetzen konnte. Doch halt! Er hatte auch noch die Handynummer des Mannes, der ihm von Michelle empfohlen worden war. Doch die lag auch im Hotelzimmer. Sein Handy, auf dem er die Nummer hätte nachsehen können, war ja weg. Er musste wieder nach Frankfurt.

Wenn er nur wüsste, ob etwas passiert war. Der Revolver

fiel ihm wieder ein. Eigentlich musste er ihn loswerden. Doch vielleicht brauchte er ihn bald noch dringend. Und was war mit Malena? Vielleicht war alles nur ein riesiger, nicht wieder gutzumachender Fehler gewesen. Ahnte sie etwas?

Brunner entschied sich und packte seinen Rucksack. Er verließ sein Zimmer, schlich sich die Treppe hinunter und trat auf die Straße. Er war nicht alleine. So ein Mist.

„Na? Noch eine kleine Wanderung machen?"

Der Mann seiner Vermieterin lächelte ihn an. Ein zweiter Mann drückte ihm gerade eine Bohrmaschine in die Hand, dann verabschiedete er sich.

„Ja, ich muss mir noch ein wenig die Beine vertreten. Mir war es den ganzen Tag nicht gut."

„Laufen Sie Richtung Milseburg. Da geht es ein wenig bergauf. Ist gut für den Kreislauf. Einfach geradeaus durchs Dorf, dann den linken Weg hoch", empfahl der Mann.

Brunner hatte eigentlich vorgehabt, direkt zur Bushaltestelle zu gehen, um zu sehen, wann der nächste Bus Richtung Fulda fuhr. Er wollte jedoch kein Aufsehen erregen. So lief er für's Erste brav in Richtung Milseburg.

„Ein Zimmer? Momentan sind wir belegt", bedauerte Pauls Bekannte Gitte. „Ich weiß nicht, wie lange unser Gast bleiben möchte. Muss es denn für sofort sein?"

Karlo blieb hartnäckig. „Können Sie den Herrn denn nicht fragen, wie lange er bleiben will?"

„Könnte ich schon. Er ist aber gerade nicht da. Macht einen Spaziergang." Die Vermieterin schaute zu ihrem Gatten. „Mein Mann hat ihn zur Milseburg geschickt."

Es gab vielleicht eine Chance. Wenn Brunner tatsächlich nur einen Spaziergang machte, hatte er die Waffe womöglich in seinem Zimmer gelassen. In diesem Fall brauchte man bloß noch auf ihn zu warten, um ihn festzusetzen. Dazu musste er aber Gitte und ihrem Mann reinen Wein einschenken.

Es war Brunners großes Glück gewesen, dass seine Vermieter das Phantombild in der Fuldaer Zeitung nicht gesehen hatten. Erst Karlos Bericht, der von Paul telefonisch bestätigt wurde, hatte sie über ihren Gast aufgeklärt.

Kurz darauf standen sie perplex im Gästezimmer. Alle persönlichen Sachen Brunners waren weg. Damit hatte keiner gerechnet. Karlo ging ins Badezimmer. Auch die Waschsachen waren verschwunden.

„Ausgeflogen!“, stellte Karlo verstimmt fest. „Der kommt bestimmt nicht wieder.“ Er überlegte. „Fährt heute noch ein Bus nach Fulda?“

Gitte schüttelte den Kopf. „Ich glaube eher nicht.“

Karlo hatte Paul sofort ein zweites Mal angerufen. Der war schon drauf und dran gewesen, die Polizei zu informieren.

„Dann komm endlich nach Hause“, nörgelte er. „Was hast du noch vor? Du weißt doch nicht einmal, wo sich der Kerl rumtreibt. Lass die Polizei ihre Arbeit machen.“

„Ich bin fast sicher, dass er zum Bahnhof will. Ich glaube kaum, dass er hier noch Wurzeln schlägt. Vermutlich steht er ziemlich unter Zugzwang.“

„Dann rufe ich jetzt die Polizei an. Keine Diskussion mehr, Karlo.“

Karlo gab auf. Dann verabschiedete er sich von der verstörten Gitte und ihrem Mann.

Es war die reine Neugier, die Karlo den Weg an der Kunststation vorbei nehmen ließ. Die Straße war menschenleer. Pech!

Enttäuscht gab er Gas, fuhr zum Ortsausgang und sah die Landstraße entlang.

Plötzlich zuckte er wie elektrisiert zusammen. Da! War das nicht Brunner? Er stand an der Haltestelle und studierte den Fahrplan.

Karlo hielt an und zückte sein Handy. Paul schien auf seinen Anruf gewartet zu haben. „Hör jetzt genau zu, Paul. Hast du schon mit den Bullen geredet? Ja? Mist. Dann ruf noch einmal an. Sofort, hörst du? Ich bin in zirka fünfundzwanzig Minuten mit dem Motorrad am Hauptbahnhof, oberes Deck. Im Seitenwagen habe ich dann Brunner sitzen."

„Aber wie ..."

„Keine Zeit für Erklärungen. Sag den Bullen einfach, dass sie Brunner nur noch aus meinem Boot zu pflücken brauchen. Fünfundzwanzig Minuten, oberes Deck Hauptbahnhof Fulda. Und wenn's geht, keine Uniform und kein Konzert, sonst riecht er Lunte." Karlo legte auf, steckte das Handy ein und kickte die MZ wieder an.

Als er zur Haltestelle sah, war Brunner verschwunden. Karlo stieß einen Fluch aus. Er lenkte die MZ auf die Landstraße nach Schackau. Da war Brunner wieder! Karlo erschrak, als der Ex-Fußballer versuchte, einen Wagen anzuhalten. Die Bremsleuchten flammten kurz auf. Karlo entwischte erneut ein Fluch, doch der Wagen hatte wegen der Kurve gebremst und beschleunigte wieder.

Karlo gab Gas und fuhr los. Neben Brunner, der die MZ anglotzte wie ein exotisches Getier, hielt er an.

„Heute kein Bus mehr?"

Brunner schüttelte verärgert den Kopf, betrachtete Karlo misstrauisch und wartete ab.

„Wo wollen Sie denn hin? Ich kann Sie mitnehmen."

„Nach Fulda. Zum Hauptbahnhof. Sie meinen, ich soll da wirklich in diesem Ding ..."

Karlo spielte seine Überraschung gekonnt. „So ein Zufall! Zum Hauptbahnhof. Da muss ich auch hin. Muss einen Bekannten vom Zug abholen."

Er stieg ab und öffnete den Kofferraum. Siedend heiß fiel ihm plötzlich sein Kennzeichen ein. Die MZ war nicht Karlos Eigentum, sondern eine großzügige Dauerleihgabe von Kuhl, die er nun seit über sieben Jahren ausgiebig nutzte. Hoffentlich bemerkte Brunner nicht das Kennzeichen. *OF*, ausgerechnet Offenbach. Das würde ihn stutzig werden lassen.

„Geben Sie mir den Rucksack", versuchte er deshalb abzulenken. „Ich tu ihn hinten rein." Bevor Brunner protestieren konnte, hatte er das Gepäckstück schon in der Hand und öffnete den Kofferraum. „Ist eng genug im Boot."

Einen Moment später fiel Karlo ein Stein vom Herzen. Der Rucksack lag im Kofferraum, mit ihm bestimmt auch Brunners Schusswaffe. Brunner saß im Wagen.

Seine Miene wirkte etwas bang, als Karlo losknatterte.

Als Karlo auf dem oberen Deck vor dem Bahnhof vorfuhr, drehten sich etliche Köpfe neugierig nach dem knatternden und qualmenden Gefährt. Er parkte die MZ auf dem Bürgersteig, stellte den Motor ab und ging zum Kofferraum. Brunner versuchte mühsam, sich aus dem kleinen Boot zu befreien.

Als er das erste Bein auf der Straße hatte, sah er die drei Männer auf das Gespann zukommen. „Herr Brunner? Sie sind vorläufig festgenommen."

„Tut mir leid, Kumpel", Karlo zuckte bedauernd die Schultern. „Manchmal verliert man, und manchmal gewinnen die Anderen."

Dienstag, 30. September
Frankfurt

16

Brunner wurde nach einem klärenden Telefonat mit der Frankfurter Kriminalpolizei noch am Abend der Festnahme nach Frankfurt überstellt.

Am nächsten Morgen saß er bei Schönhals und Reichard im Büro und wusste nicht recht, was er sagen sollte und was nicht. Die erste Frage der Polizisten hatte der Waffe gegolten, die sich in seinem Rucksack befand.

„Genau das ist es ja, was mir Angst macht." Florian Brunner war verzweifelt. „Ich habe noch nie eine Waffe besessen. Ich weiß nicht, wo dieser Revolver herkommt. Und ich habe keinen Schimmer, was passiert ist. Wie ich in diesem Zustand in die Rhön gekommen bin, ist mir das größte Rätsel. Die beiden Leute, denen ich ... ich meine, das mit dem Überfall im Wald, mein Gott, ich wollte doch bloß was zum Anziehen. Ich konnte mich doch so niemandem zeigen."

„Sie hätten einfach um Hilfe bitten können", brummte Hauptkommissar Schönhals.

„Ich konnte nicht mehr klar denken. Was wäre, wenn ich jemanden erschossen hätte? Ich hätte den Revolver wegwerfen sollen."

„Haben Sie aber nicht, und es ist durch Ihr Versteckspiel nicht besser geworden", dozierte der Hauptkommissar. „Die Waffe ist noch da, und drei Schüsse sind abgefeuert worden."

Kommissar Reichard lehnte sich mit beiden Armen auf den Schreibtisch, vor dem Brunner auf einem Drehstuhl saß und sah den Festgenommenen scharf an. „Kennen Sie einen Mann namens Henry Steuben?"

„Steuben? Nein, wer soll das sein?"

„Interessieren Sie sich für Kunst? Gemälde eventuell?"

„Wie kommen Sie denn darauf? Nein, das tue ich nicht. Warum auch? Was sollen diese Fragen?"

„Dann kennen Sie auch Herrn Maiforst nicht? Norman Maiforst? Von Beruf Kunsthändler?"

Brunner brachte keinen Ton heraus, schüttelte nur in stummer Verzweiflung den Kopf.

„Nun, Herr Brunner, ich will erst gar nicht versuchen, Ihnen etwas vorzumachen. Wir haben einen ungeklärten Todesfall. Ein Mann ist erschossen worden. Mit drei Schüssen. Und, was glauben Sie, welches Kaliber haben die Projektile, mit denen Herr Steuben ins Jenseits befördert wurde?"

Brunner blieb stumm. Seine Augen weiteten sich.

„Genau", fuhr Reichard fort. „Und wenn Sie uns jetzt was zu sagen haben, dann sollten Sie das tun. Die Geschosse werden gerade ballistisch untersucht. Spätestens morgen wissen wir, ob sie aus Ihrem Revolver abgefeuert wurden."

„Das ist nicht mein Revolver. Ich habe damit nichts zu tun. Wie soll ich Ihnen das bloß klarmachen?"

Die Augen des ehemaligen Fußballers füllten sich mit Tränen. „Könnte ich bitte telefonieren?"

„Wen wollen Sie anrufen? Ihren Anwalt?"

„Nein. Meine Frau."

Als das Telefon klingelte, hob Reichard ab. Ein internes Gespräch. „Ja, was gibt's?"

„Herr Maiforst ist hier. Soll ich ihn hochschicken?"

Reichard gab Schönhals ein Zeichen. „Der Kunsthändler ist da."

Schönhals nickte. „Soll hochkommen." Dann wandte er sich an Brunner. „Telefonieren wollen Sie? Gut, dann kommen Sie bitte mit." An der Tür drehte er sich Reichard zu. „Bin gleich wieder da."

Maiforst und Schönhals trafen zur gleichen Zeit am Büro des Hauptkommissars ein.

„Herr Maiforst." Schönhals öffnete die Tür. „Kommen Sie bitte. Wie geht es Ihnen?"

Norman Maiforst ließ sich auf den Drehstuhl fallen, auf dem gerade noch Brunner gesessen hatte.

„Würde mir besser gehen, wenn ich endlich mein Geld zurückhätte. Wissen Sie schon, wo es abgeblieben ist?"

Schönhals schaute verlegen zum Fenster. „Wir sind dran an der Sache", bedeutete er schwammig. „Zwischenzeitlich hätte ich aber noch ein paar andere wichtige Fragen."

„Dann fragen Sie."

„Wissen Sie, vielleicht erzählen Sie uns einfach noch einmal, was am Montag passiert ist. Ich habe den Bericht der Kollegen zwar hier, das liest sich aber etwas dürftig."

„Na, hören Sie mal! Ich wurde niedergeschlagen und lag über Nacht zur Beobachtung im Krankenhaus. Da blieb nicht viel Zeit für Romane." Maiforst war sichtlich angefressen. „Deshalb bin ich jetzt hier."

„Nun beruhigen Sie sich doch. Ich wollte Sie nicht angreifen. Bitte, erzählen Sie uns, was passiert ist."

Maiforst gab den Kommissaren einen detaillierten Bericht, angefangen bei Rezzos kryptischem Anruf und wie es der zwielichtige Geschäftemacher geschafft hatte, seine Neugierde zu wecken.

„Apropos Rezzo Sendlinger. Wissen Sie, wie es ihm geht?"

„Er liegt im Koma. Intensivstation. Man weiß nicht, ob er es schafft." Schönhals zuckte mit den Schultern.

Maiforst spürte den Kloß in seinem Hals. Das alte Schlitzohr tat ihm leid.

Harald Reichard rollte seinen Stuhl rechts neben Schönhals' Schreibtisch, drehte ihn, nahm rittlings Platz und verschränkte seine Arme auf der Rückenlehne.

„Sie sind sicher, dass es sich um dasselbe Gemälde handelte, das Sie angeblich an Herr Steuben verkauft haben?"

„Was heißt hier angeblich?" Maiforst brauste auf. „Erstens: Natürlich bin ich sicher. Und zweitens haben Sie die Aussagen von drei Zeugen, darunter auch von einem Kollegen, dass Herr Steuben das Bild in Empfang genommen hat. Sehen Sie lieber zu, dass ich mein Geld zurückbekomme."

„So war das nicht gemeint, entschuldigen Sie." Reichard überlegte, ob man ihn vom Dienst suspendieren könne, wenn er Dietmar Hund und Manfred Haffmann erwürgte.

Oder ob die Tat eher eine Beförderung nach sich zöge.

„Wie auch immer, das Bild ist schon wieder verschwunden. Um was geht es da eigentlich genau? Sie haben neunzehntausend Euro bekommen. Deshalb bringt man niemanden um. Zumal der Verkauf des Bildes kein Kinderspiel sein dürfte. Da steckt doch mehr dahinter."

Maiforst hatte alles erzählt. Nur den Beckmann-Verdacht hatte er bislang für sich behalten. Er war sich einfach nicht sicher, zu nervös war er am Montag gewesen. Er hatte nur etwas gesagt, um die Geschichte möglichst schnell zu beenden.

Er beschloss, den Kommissaren wenigstens einen Hinweis zu geben. „Vielleicht hat es mit dem Bild auf der Rückseite zu tun“, erläuterte er. „Da war ein zweites Gemälde versteckt. Aber ich habe es nur kurz sehen können. Ich müsste es eingehend untersuchen, um sicher etwas sagen zu können.“

„Wir müssen also den großen Unbekannten finden. Sie haben ihn gesehen. Trauen Sie sich zu, ihn so gut zu beschreiben, dass wir ein Phantombild von ihm erstellen können?“

Norman Maiforst war unsicher. Er hatte das Gesicht des Fremden zwar gesehen, aber die diffuse Beleuchtung der beiden Neonröhren von der hohen Decke herab, der Staub auf der Oberfläche des Spiegels, in dem er das Gesicht gesehen hatte, und nicht zuletzt der plötzliche Schlag auf den Kopf – je mehr Zeit verging, desto blasser wurde das Bild, das in Maiforsts Kopf gespeichert war.

„Ich glaube, das wird nicht viel Zweck haben. Hellbraune Haare, ziemlich voll, vielleicht auch blond.“

„Größe?“

„Keine Ahnung. Ich habe nur das Gesicht gesehen.“

„Können Sie das Alter eingrenzen?“

„Wie alt? Ich würde sagen, eher jünger. Also, jünger als ich. Vielleicht zwischen dreißig und vierzig? Ja, das könnte sein. Älter bestimmt nicht.“

„Irgendwelche sonstigen Kennzeichen? Ist Ihnen sonst etwas aufgefallen? Seine Stimme vielleicht?“

„Richtig. Jetzt wo Sie es sagen. Seine Stimme. Ich hatte den Eindruck, dass er seine Stimme verstellt hat. Er klang seltsam gepresst, als würde er bewusst höher sprechen als normal. Das klang sehr seltsam. Aber ob das weiterhilft?“

„Wir werden sehen. Wenn Ihnen noch etwas einfällt, bitte rufen Sie uns an.“

„Gerne. Kann ich dann gehen?"

Als das Telefon sich meldete, gab Reichard dem Kunsthändler ein Zeichen, noch einen Moment zu warten. Schönhals nahm den Hörer ans Ohr und lauschte. Es dauerte nicht lange, da hellte sich sein Gesicht auf. Kurz darauf beendete er das Gespräch.

„Sieht aus, als hätten wir Henry Steubens Mörder gefasst. Die Projektile vom Tatort passen zum Revolver."

„Das ging ja schnell", wunderte sich Reichard. Er betrachtete Maiforst eine Weile stumm. Der schien plötzlich nervös zu werden. „Sagt Ihnen der Name Florian Brunner etwas?", fragte er schließlich.

„Brunner?" Maiforst schaute fragend. „Nein. Sagt mir nichts. War's das?"

„Ja, für heute auf jeden Fall." Reichard legte eine Karte auf den Tisch. „Hier. Wenn Ihnen noch was einfällt ..."

„Selbstverständlich." Maiforst erhob sich. „Auf Wiedersehen, meine Herren." Er steckte die Karte ein und ging zur Tür.

„Dann wollen wir Brunner doch mal mit den neuen Erkenntnissen konfrontieren. Mal sehen, ob er jetzt nicht weich wird." Schönhals wirkte zuversichtlich und stand auf.

„So richtig klar sehe ich noch nicht", klagte Harald Reichard. „Mit ziemlicher Sicherheit hat Brunner den Bordellbetreiber erschossen. Aber mit der Sache in der Orber Straße hat Brunner nichts zu tun. Zu diesem Zeitpunkt war er in der Rhön."

„Das ist noch die Frage." Schönhals ließ nicht locker. „Wann Steuben erschossen wurde, wissen wir bis jetzt nur ungefähr. Es muss aber am späten Nachmittag gewesen sein. Zwischen neunzehn Uhr und neunzehn Uhr dreißig wurden die beiden Spaziergänger von Brunner überfallen. Rein technisch gesehen könnte Brunner Steuben vielleicht um siebzehn Uhr erschossen haben. Dann hat er das Bild weggeschafft, vielleicht hat das ja auch ein Komplize gemacht, und ist in die Rhön gefahren. Seitdem die neue Autobahn fertig ist, schafft man das mit einem schnellen Wagen und ohne Stau in weniger als einer Stunde. Geben wir noch eine halbe Stunde dazu, dann bleibt ihm trotzdem noch eine halbe Stunde, um seine Nacktshow vorzubereiten und sich so ein Alibi zu verschaffen." Er schaute Reichard triumphierend an. „Es geht also."

„Zugegeben. Aber warum belastet er sich unnötig mit dem Revolver? Und klaut Klamotten bei Karstadt? Der Mann war ganz einfach verzweifelt. Wo liegt da der Sinn?"

„Das müssen wir eben herausfinden." Schönhals wirkte unzufrieden. „Wir müssen rausbekommen, was mit dem Gemälde ist. Da liegt eventuell die Lösung", mutmaßte er, lockerte seine Krawatte und schluckte mühsam. „Verdammt. Jetzt krieg ich auch noch Halsweh."

Reichard ignorierte das neue Krankheitsbild. „Wir sollten uns nicht auf Brunner alleine versteifen."

„Vielleicht. Ich hol ihn wieder her. Mal sehen, was er zu den Neuigkeiten sagen wird."

Dienstag, 30. September
Frankfurt

17

„Leg bitte nicht auf", flehte Florian Brunner. „Lass mich bitte nicht hängen. Nur dieses einzige Mal noch. Ich hab doch sonst niemanden. Ich kann noch nicht einmal einen Anwalt bezahlen. Ich geh kaputt im Gefängnis. Die wollen mir einen Strick drehen."

„Nimm doch das Geld, das du von meinen Konten abgeräumt hast", beschied Malena Brunner kalt.

„Wenn das so einfach wäre. Ich habe zwar Gedächtnislücken, aber ich glaube, dass das Geld zusammen mit meiner Kleidung weggekommen ist." Brunner seufzte laut auf. „Malena, bitte, hilf mir. Ich bin vielleicht ein Arschloch. Ich weiß, ich tauge nicht besonders viel und habe es dir nicht leicht gemacht. Aber ich bin kein Mörder."

„Zu spät, Florian, ich habe es dir bereits gesagt: Es ist aus. Endgültig. Und dabei bleibt es auch. Das hätte nicht sein müssen, und schuld daran bist ganz alleine du."

„Aber ..." Brunners Verstand streikte. In diesem Moment lenkte Malena ein. „Also gut. Mein letztes Angebot. Wir lassen uns scheiden, hörst du? Sofort. Und zwar in gegenseitigem Einvernehmen. Bei der momentanen Lage wird mein Anwalt dafür sorgen können, dass uns auch das sogenannte Trennungsjahr erspart bleibt. Du wirst nichts versuchen, um das zu verhindern. Dann – und nur dann – helfe ich dir.

Nächste Woche komme ich dann mit meinem Anwalt vorbei und du unterschreibst mir das. Also?“

Brunner ließ den Kopf hängen. „Malena. Glaub mir. Ich liebe dich doch. Ich könnte ...“

„Du willst also nicht, dass ich dir helfe? Dann wünsche ich dir viel Glück.“

„Halt! Nein!“ Brunner schrie fast. „Schon gut. Ich unterschreibe.“

„Gut. Dann ziehen wir das genau so durch. Du hörst von mir.“

–

„Gehring?“

„Hallo, Herr Gehring. Hier ist Malena Brunner. Sie haben ihn also gefunden. Dafür schon mal vielen Dank.“

„Dafür sind wir da. Herr Kölner, mein freier Mitarbeiter, hat ihn gefunden. War wohl ziemlich turbulent, die ganze Geschichte. Nun, jetzt ist es vorbei.“

„Schön wäre es.“

„Was meinen Sie?“

„Wissen Sie das nicht? Die Polizei will Florian wegen Mordes anklagen.“

„Soviel ich weiß, hat man die Tatwaffe für einen Mord in Frankfurt bei ihm gefunden.“ Gehring überlegte, wie er es am besten ausdrücken sollte. „Wollen Sie sich immer noch scheiden lassen? So, wie es aussieht, sollten Sie keine Probleme damit haben. Oder hat sich da was geändert?“

„Es bleibt dabei. Ich will nichts mehr mit ihm zu tun haben. Aber immerhin waren wir einige Jahre verheiratet, und es war nicht alles schlecht. Ich denke, Florian soll ruhig für seine Dummheiten einstehen. Aber ich möchte nicht, dass er für etwas büßen muss, das er nicht getan hat."

„Es spricht allerdings einiges dafür, dass er es getan hat. Und die Polizei ..."

„Die Polizei, die Polizei. *Sie* scheinen anders zu arbeiten als die Polizei. Sie haben Florian ja auch vor der Polizei gefunden. Also, finden Sie den Mörder. Bitte. Florian war das nicht. Ich weiß es einfach."

„Ist das ein offizieller Auftrag?"

„Ja."

„Gut. Ich will sehen, was ich tun kann. Wir sollten uns noch einmal persönlich sehen. Haben Sie am Donnerstag Zeit? Gegen Mittag?"

„Ich nehme sie mir."

„Schön. Kennen Sie die Bluesmühle in der Mittelseestraße in Fechenheim? Da könnten wir uns treffen."

„In einer Kneipe?"

„Ja. Das hat einen Grund. Vertrauen Sie mir einfach."

„Gut. Einverstanden. Bis dann. Ich werde um zwölf Uhr da sein."

Donnerstag, 2. Oktober
Bluesmühle, Frankfurt-Fechenheim

18

„Es ist und bleibt eine abenteuerliche Geschichte. Schönhals ist sicher, dass Brunner der Täter ist. Und was soll man nach Sachlage auch anderes denken?“ Georg Gehring gab sich jedoch vorsichtig.

„Sie sind nicht überzeugt.“ Karlo drehte sich ungeduldig zur Theke. „Harry! Hast du mich vergessen?“

Der dicke Wirt der Bluesmühle betätigte den Zapfhahn. „Ein *gutes* Pils dauert sieben Minuten“, dröhnte er über die Schulter.

„Weshalb dauert das dann so lange?“

„Was willst du mir damit sagen?“ Harry Weber klang beleidigt und verzog das Gesicht. Gehring und Karl Einser kicherten leise, Jeannette schaute strafend. „Jetzt macht den Harry mal nicht fertig.“

„Du hast noch nicht erlebt, wenn ich jemanden fertigmache. Egal – Hauptsache, mein Bier wird fertig.“

Gehring wurde nachdenklich. „Wie geht es Ihrem Kopf, Herr Maiforst? Noch Schmerzen?“

„Geht so. Hätte schlimmer ausgehen können.“

„Wie geht es Ihrem Bekannten?“

„Bekannten?“

„Ich meine Herrn Sendlinger.“

„Tun Sie mir einen Gefallen und bringen Sie mich nicht

mit Rezzo Sendlinger in Verbindung. Ich habe nichts mit ihm zu tun. Es war ein großer Fehler, ihn aufzusuchen." Maiforst nippte an seinem Kaffee, stellte die Tasse wieder ab und zuckte mit den Schultern. „Wissen Sie, ich war einfach neugierig geworden. Ich habe mich breitschlagen lassen. Tja, wie es geendet hat, wissen Sie ja."

„Ja. Mein ehemaliger Kollege Reichard hat mich über das Wichtigste unterrichtet."

Als sich die Tür öffnete und Malena Brunner eintrat, sprang Gehring auf und ging ihr entgegen, um sie zu begrüßen. Verblüfft bemerkte er, dass sie nicht alleine gekommen war. Ein großer blonder Mann trat kurz hinter ihr in den Gastraum. Beide waren in ein intensives Gespräch vertieft. „ ... bombastischer Wein, absolut bombastisch", schwärmte der Blonde. „Du hast wirklich sagenhafte Verbindungen."

„Das ist mein Geschäft", erwiderte Malena Brunner bescheiden. Dann erblickte sie Georg Gehring. „Herr Gehring", unterbrach sie ihr Gespräch und streckte dem Privatdetektiv die Hand hin. „Schön, dass es geklappt hat. Ich hoffe, es stört Sie nicht, dass ich noch jemanden mitbringe. Das ist Herr Marquard. Wir sind seit kurzem ...", sie zögerte eine Sekunde, „... befreundet.

Gehring verbarg seinen Ärger. „Nein, wieso? Wenn es für Sie in Ordnung ist, soll es mir recht sein." Er drückte dem Blonden die Hand. „Herr Marquard, sehr erfreut."

Dann wandte er sich wieder an Malena Brunner. „Wenn ich ganz ehrlich bin: Ich bin auch nicht alleine hier. Ich erkläre Ihnen gleich alles. Kommen Sie bitte."

Gehring wollte das Paar zum großen runden Tisch vor dem offenen Kamin gegenüber der Theke führen.

„Einen kleinen Moment", flüsterte die Weinhändlerin

leicht verschämt. „Wo ist denn die Toilette? Ich muss mal schnell verschwinden."

„Hier gehts rein. Erste Tür links." Gehring ging zwei Schritte und hielt Malena Brunner die Tür auf.

„Dann gehe ich schnell mit, aus Sympathie", lächelte Marquard und schlüpfte hinter Malena in den Vorraum zu den Toiletten. Gehring ging zurück zum Tisch, wo er Kuhl, Einser, Maiforst und Karlo Kölner für eine Art Brainstorming zusammen mit Frau Brunner versammelt hatte.

Karl Einser bemerkte zuerst, dass Norman Maiforst zusammengesunken in seinem Stuhl saß. Er war sehr blass und schnappte nach Luft. Einser tippte ihn an. „He, Norman. Was ist denn los? Geht es dir nicht gut?"

„Nein, es ist nichts. Nur mein Kopf. Ich habe fürchterliche Kopfschmerzen. Schon den ganzen Tag. Ich habe gedacht, es geht. Aber ich wäre besser im Bett geblieben. Seid mir bitte nicht böse, aber ich würde gerne gehen."

„Soll ich dich heimfahren?"

„Nein, lass mal. Ich hab ja das Auto vor der Tür. Bis Offenbach schaffe ich das schon." Maiforst erhob sich und verließ das Lokal.

„Was soll das, Malena? Ich denke, du wolltest dich mit dem Privatdetektiv treffen. Und jetzt hockt da eine ganze Gesellschaft. Willst du mich herumzeigen oder was?"

Marquard stand mit Malena im Vorraum der Toilette und hatte sie an den Schultern gepackt. Sie erschrak über seine Reaktion. „Herumzeigen? Was meinst du damit? Ich hatte keine Ahnung, dass Gehring jemanden mitbringt. Aber er wird seine Gründe haben. Er hat schließlich meinen Mann gefunden, und zwar vor der Polizei, er weiß schon, was er tut."

„Dein Mann kümmert mich einen nassen Dreck. Denk dran, wie er dich behandelt hat. Ich verstehe nicht, warum du überhaupt etwas für ihn tun willst."

„Ach, schau an, daher weht der Wind. Der kleine Steffen ist eifersüchtig." Malenas Augen blitzten. Sie fasste Marquard um die Hüften und zog ihn an sich. „Aber da muss sich der kleine Steffen keine Gedanken machen. Ich will nichts mehr mit Florian zu tun haben." Mit dem Zeigefinger tippte sie ihn auf die Nasenspitze.

Marquard machte eine entschuldigende Geste. „Ich möchte eben nicht, dass du dein Geld und deine Energie dafür einsetzt, um ihn aus einer Sache herauszuhauen, in die er sich selbst hineinmanövriert hat. Das ist doch alles gar nicht mehr dein Ding."

„Okay", versuchte sie ihm den Wind aus den Segeln zu nehmen. Sie wollte jetzt keinen Streit. „Wenn es dich beruhigt, werde ich drüber nachdenken. Aber zuerst muss Florian wegen der Scheidung unterschreiben." Sie gab ihm einen schnellen Kuss auf den Mund. „So, jetzt muss ich aber." Damit verschwand sie hinter der Tür der Damentoilette.

Marquard zog die Tür der Herrentoilette auf. Er ließ kaltes Wasser über seine Hände laufen, wischte sich mit den nassen Händen über das Gesicht und trocknete sich mit einem Papierhandtuch ab. Zurück im Vorraum wäre er beinahe mit Malena zusammengestoßen.

Kaum saß Gehring wieder am Tisch, klingelte sein Telefon. Eine aufgeregte Stimme drang ihm ans Ohr. „Tun Sie bitte, als sei ich Ihre Frau. Er soll nicht mitkriegen, dass ich das bin."

Gehring verstand nicht sofort. Er erkannte allerdings die Stimme und spielte mit. „Martina. Schön, dich zu hören.

Was gibt's?" Gehring bemerkte Malena Brunner und Marquard aus dem Augenwinkel. „Einen Moment noch, Schatz." Gehring sah auf. „Frau Brunner, Herr Marquard. Setzen Sie sich doch zu uns." Er hielt das Handy hoch. „Einen Moment Geduld, bitte", erklärte er. „Meine Frau." Dann drückte er sein Telefon wieder ans Ohr. „So, Schatz. Bin wieder da."

„Hier Maiforst", klang es hektisch. „Der Mann", flüsterte der Kunsthändler. „Er ist noch da, oder? Der Mann, mit dem Ihre Mandantin gekommen ist?"

„Ja, Schatz, ich glaube schon", flötete Gehring.

„Ich glaube, das ist er. Der Kerl, der Rezzo angeschossen und mich niedergeschlagen hat."

„Bist du sicher? Ein Rohrbruch? Du musst das Wasser im Keller abstellen."

„Was heißt schon sicher? Ich habe mich vorsichtshalber verdrückt. Ich glaube, er hat mich nicht bemerkt. Soll ich die Polizei benachrichtigen?"

„Das hast du gut gemacht", lobte Gehring. „Jetzt spiel bloß nicht verrückt. Ich bin gleich da. Der Haupthahn ist im ersten Kellerraum. Nur abdrehen, hörst du? Nicht selbst versuchen, etwas zu reparieren?"

Maiforst kapierte. „Verstanden. Also keine Polizei. Sie sind der Fachmann. Rufen Sie mich an, wenn Sie reden können?"

„Ja, Martina. So machen wir's. Ich komme, so schnell ich kann. Bis gleich."

„Meine Frau." Gehring schaute genervt. „Wir haben einen Rohrbruch im Haus. Bitte entschuldigen Sie, ich muss weg. Frau Brunner, ich melde mich bei Ihnen."

Malena Brunner gab sich verständnisvoll. „Natürlich. Sie müssen sich doch nicht entschuldigen. Ich drücke die Daumen, dass es nicht so schlimm ist."

Karlo stand zusammen mit Gehring auf. „Soll ich mitfahren? Mit Wasserrohren kenn ich mich aus. Ich schau mir das mal an. Vielleicht können Sie sich den Monteur sparen."

„Danke, Herr Kölner. Klasse Idee. Kommen Sie, wir beeilen uns. Martina war sehr aufgeregt."

Kurz darauf hatte sich die Gesellschaft aufgelöst. Karlo hatte bei Harry Weber ärgerliches Stirnrunzeln ausgelöst, als er beim Verlassen der Kneipe rief: „Schreib's auf den Deckel."

„Das war nicht Ihre Frau", stellte Karlo fest. „Was ist los?" Karlo Kölner saß auf dem Beifahrersitz von Gehrings Wagen. Gemeinsam beobachteten sie das Hoftor der Bluesmühle. Karlos Augen funkelten, als Gehring berichtete.

„Maiforst. Er glaubt, dass Frau Brunners Begleiter derjenige ist, der ihn niedergeschlagen hat. Und den Herrn Sendlinger angeschossen. Er hat sich vom Acker gemacht, bevor Herr Marquard ihn erkennen konnte."

„Glaubt oder weiß?"

„Das ist es ja. Ganz sicher schien er nicht. Aber wie auch immer, ich glaube, es wäre keine gute Idee gewesen, die Polizei zu rufen. Wenn Marquard der Gesuchte ist und eine Waffe hat, könnte das eskalieren. Ich stelle mir nur vor, Hund und Haffmann tauchen auf und versuchen, einen bewaffneten Mann festzunehmen. Wir warten ab, bis die beiden rauskommen und versuchen, dranzubleiben. Ich glaube nicht, dass er wegläuft, so wie er die schöne Weinhändlerin angesehen hat."

„Zu mir oder zu dir?"

Steffen Marquards Antwort kam schnell. „Zu dir."

Malena schmollte ein wenig. „Wann zeigst du mir endlich deine Wohnung? Du hast es versprochen." Marquard bemerkte sofort das leichte Misstrauen in Malenas Stimme. Er schmunzelte. „Zu dir ist es viel näher. Und ich weiß wirklich nicht, wie lange ich es noch aushalten kann, schöne Frau."

„Schmeichler." Für den Moment gab sich Malena zufrieden. Da klingelte Marquards Handy. Er schaute aufs Display. Verdammt!

„Steffen, da bist du ja", hörte er die weibliche Stimme. „Sag mal, wo bleibst du denn? Hast du mich vergessen? Ich bin schon da. Wenn du nicht gleich kommst, gebe ich meine Bestellung auf. Ich habe nämlich Hunger." Marquard verzog den Mund. Hol's der Teufel. Das hatte er ganz vergessen. Michelle. Ausgerechnet jetzt. Das gemeinsame Mittagessen.

„Ich bin unterwegs. Tut mir leid. Bin aufgehalten worden. Bis gleich."

„Wer war das?" Malena klang nicht nur argwöhnisch. Sie sah auch noch so aus.

„Was ist los?", Marquard tat erstaunt. „Sag bloß, jetzt ist plötzlich die kleine Malena eifersüchtig?", scherzte Steffen Marquard. Es klang locker. Vielleicht ein wenig zu locker. „Malena, es tut mir leid. Ich habe einen wichtigen Termin vergessen. Hat was mit der Firma zu tun. Ich muss da hin."

„Ich kann mitkommen." Malena gab nicht so schnell auf.

Marquard biss die Zähne zusammen. „Das geht leider nicht. Ich erklär es dir später." Er zog seine Brieftasche heraus und entnahm ihr einen Fünfzig-Euro-Schein. „Hier. Nimm dir ein Taxi. Ich rufe dich an, sobald ich fertig bin."

Malena trat entrüstet einen Schritt zurück. „Behalt dein Geld", stieß sie ärgerlich aus. „Ich werd mir doch ein Taxi nach Offenbach leisten können."

Marquard beugte sich zu ihr, umarmte sie und küsste sie

leidenschaftlich auf den Mund. Malena machte sich kratzbürstig frei.

„Mensch, Malena, so war das nicht gemeint“, versuchte Marquard die enttäuschte Frau zu beruhigen. „Ich dachte nur, weil es meine Schuld war. Ich melde mich so schnell wie möglich. Es wird nicht lange dauern. Komm schon, sei nicht böse.“ Wieder zog er sie an sich und küsste sie. Dieses Mal gab sie nach und ließ es zu.

Karlo schnappte sein Handy, schaltete die Kamerafunktion ein und bannte die intime Szene auf die Speicherkarte. Auf Gehrings Stirn zeigte sich eine steile Falte, er brummte etwas Unverständliches, das sich nach „Spanner“ oder so ähnlich anhörte.

Karlo feixte unverschämt. „Man kann nie wissen ...“

Als Marquard losgefahren war, hatte Malena seinem Jaguar XKR noch nachgeschaut, bis er hinter der Feuerwehr links in den Hennsee eingebogen war.

Sie war nicht böse.

Sie machte sich Sorgen.

„Sieht aus, als ob er in die Innenstadt will.“ Am Ende der Hanauer Landstraße bog der Jaguar Richtung Zoo ab. Karlo rieb sich die Hände. „Was wollen wir jetzt machen?“

„Wir bleiben dran. Vielleicht ergibt sich daraus etwas.“

„Nein, das meine ich nicht. Die Frage ist, wie wollen wir ganz allgemein weitermachen? Wir sollen ja Beweise finden, dass Brunner nicht als Steubens Mörder in Frage kommt.“

„Ach so. Ich denke wir sollten uns als Erstes unbedingt mit Reichard und Schönhals zusammensetzen und unsere Erkenntnisse in einen Topf werfen.“

Karlo schaute nicht begeistert. „Muss das sein?“

„Ich glaube schon. Das wird uns alle weiterbringen. Und das ist für uns die Hauptsache. Frau Brunner bezahlt uns schließlich. Außerdem, warum sollen wir es uns unnötig schwer machen? Wir nutzen einfach die Möglichkeiten der Polizei für unsere Arbeit aus."

Das verstand Karlo.

Marquard bog derweil in die Allerheiligenstraße ein. Kurz vor der Breiten Gasse bremste er an einer Parklücke.

„Langsam, Herr Gehring. Er will einparken." Karlo hielt Ausschau nach einer weiteren Parkgelegenheit. „Pech gehabt. Nichts mehr frei hier. Was machen wir jetzt?" Karlo stieß die Wagentür auf. „Ich geh ihm hinterher. Suchen Sie einen Parkplatz. Wir telefonieren uns dann zusammen."

Gehring zögerte nur kurz. „Alles klar, Herr Kölner."

Karlo folgte Marquard durch die Allerheiligenstraße bis zur Kurt-Schumacher-Straße. Dann ging es nach rechts zur Fußgängerampel an der Zeil, und wenig später überquerte Marquard die Konstablerwache. Er schaute angespannt auf die Uhr und verfiel in einen flotten Dauerlauf, schien es plötzlich eilig zu haben. Karlo erhöhte das Tempo gleichfalls. Dann sah er, wie Marquard linkerhand in die Fahrgasse einbog. An der Einmündung zur Fahrgasse angelangt, blieb Karlo stehen und lugte vorsichtig um die Ecke. Er sah gerade noch, wie Marquard rechts in die Töngesgasse einbog. Karlo begann wieder zu laufen. Dieses Mal bedeutend schneller. Als er schwer atmend die Töngesgasse hochschaute, war Marquard verschwunden.

So ein Mist.

Das konnte eigentlich nur bedeuten, dass Marquard in einem der ersten Häuser verschwunden war. Wohnte er vielleicht hier? Karlo beschloss, die Klingelschilder abzusuchen. Obwohl er wenig Hoffnung hatte.

Nach zehn Minuten und dem Studium etlicher Klingelschilder stand er ohne Ergebnis vor dem Eingang des Café Mozart. Sollte er Gehring anrufen und ihm bei einem Kaffee von seinem Misserfolg berichten? Da stach ihm durch das Schaufenster des Cafés der rote Schopf einer jungen Dame in die Augen. Wow, was war denn das für eine Granate?

Karlo musterte die rothaarige Frau mit offenem Mund. Sie befand sich in einer angespannten Diskussion mit einem Mann, der mit dem Rücken zum Eingang saß.

Marquard.

Karlo seufzte. Nun verstand er Marquards Eile. Diese Dame hätte er auch nicht warten lassen. Er blies die Backen auf. Allerdings war das kein romantisches Mittagessen. Spannung lag in der Luft. Dieses Gefühl relativierte sich, als sich die Rothaarige erhob. Sie warf ihre Handtasche lässig über die Schulter und beugte sich zu Marquard. Der folgende Kuss war nicht für die Öffentlichkeit bestimmt.

Die Öffentlichkeit scherte sich allerdings nicht darum.

„Ich kann's nicht ertragen, wenn ich's nicht bin", brummte Karlo, als die beiden sich voneinander lösten und ging ein paar Schritte zurück, um nicht von Marquard gesehen zu werden. Dann zog er sein Handy aus der Tasche und rief Gehring an.

„Wo sind Sie?" Gehring klang angespannt.

„Marquard sitzt augenblicklich noch im Mozart in der Töngesgasse", kürzte Karlo die Erklärung ab. „Er hat sich hier mit einer Frau getroffen. Sieht aus, als wäre Frau Brunner nicht die Einzige. Die Frau hat im Moment das Café verlassen. Ich gehe ihr hinterher. Wo stecken Sie eigentlich?"

„Parkhaus. Direkt an der Töngesgasse. Übernehmen Sie die Frau, und ich sehe nach, ob ich Marquard noch erwische. Wir bleiben in Verbindung."

Karlo folgte der Frau. Sie überquerte die Zeil und lief in die Große Friedberger Straße. Am Ende der Straße ging sie geradeaus weiter in die Alte Gasse. Nach ungefähr hundert Metern griff sie in die Handtasche und entnahm ihr einen Schlüsselbund. Vor einer grünen Haustür blieb sie stehen und steckte den Schlüssel ins Schloss. Karlos Bewunderung für die Rothaarige bekam erste Risse. Diese Adresse kannte er. Das Haus gehörte zum Besitz Henry Steubens, der keineswegs nur im Bahnhofsviertel seinen Geschäften nachgegangen war. Wer das Imperium nach seinem Tod wohl in die Hände bekam?

Es gab also vermutlich eine Verbindung zwischen Steubens Geschäften und Steffen Marquard. Hatte die Frau etwas damit zu tun? Karlo trat näher an die Tür. Einige der Klingelschilder waren leer, auf einem stand *Büro 2*, auf dem obersten las man *Studio L*. Karlo drückte die Klingel.

Im dritten Stock war die Tür nur angelehnt. Karlo stieß sie auf und trat ein. Der Empfang war durchaus herzlich.

„Hallo, Süßer" schwärmte ihn eine füllige, aber durchaus ansehnliche Schwarzhaarige an und stellte eines ihrer drallen, mit schwarzglänzenden Leggings bewehrten Beine zur Schau. „Zu wem möchtest du denn? Hast du angerufen?" Sie lächelte ihn sehr privat an.

„Ich wollte zu ... ach, zu blöd. Jetzt hab ich in der Aufregung den Namen vergessen. Bin zum ersten Mal hier. Na ja, diese Rothaarige ..."

„Michelle meinst du?"

„Genau", schoß Karlo ins Blaue. „Michelle, so heißt sie."

Die Schwarzhaarige wandte sich um und ging den Flur entlang. „Momentchen. Du bist ein wenig früh, oder? Ich schau mal, ob sie schon so weit ist."

Karlo überlegte, wie er vorgehen sollte. Ein wenig früh? Sie erwartete also jemanden. Hoffentlich ging das gut. Seine gewohnte Sicherheit schwand. Sollte er sie einfach auf Marquard ansprechen? Und ihr zur Not einen Fünfziger in die Hand drücken, für ein kurzes Gespräch? Dann kam ihm die Erleuchtung: Er würde sich als Geschäftspartner Henry Steubens ausgeben – *schlimme Sache, das mit Henry* – und fragen, ob sie vielleicht einen Herrn Marquard ...

„Zweite Tür links", wurden Karlos Überlegungen unterbrochen. „Viel Spaß ..."

Die Schwarzhaarige! Ein leicht spöttischer Zug um ihren Mund hatte das private Lächeln abgelöst, stellte Karlo verwundert fest. Aber – vielleicht täuschte er sich auch.

Er holte tief Luft, stiefelte los und klopfte an. „Herein", klang es unerwartet barsch.

Karlo schlüpfte durch die Tür und schloss sie hinter sich. Als er sich umschaute, erstarrte er mitten in der Bewegung. Was war denn hier los?

Michelle saß in der Mitte des Zimmers vor einem alten Lehrerpult. Sie trug ein enges, hochgeschlossenes Kostüm. Ihre roten Haare waren streng nach hinten gebunden. Eine schwarzgerahmte Brille schmückte ihre kleine Nase und verlieh ihr eine überaus autoritäre Optik. Vor dem Schreibtisch stand eine Schulbank aus den Sechzigerjahren. Eines dieser uralten Möbelstücke mit integrierter Sitzfläche. Karlo dachte mit Grausen an seine Schulzeit zurück. Er glaubte, den Angstschweiß seines Klassenkameraden rechts neben sich zu riechen. Oder war es sein eigener? Mit großen Augen registrierte er den langen, stabil aussehenden Rohrstock in Michelles rechter Hand, der ihr Outfit eindrucksvoll ergänzte. An der Wand hinter dem Pult hing eine Tafel, darauf stand in energischer Schreibschrift *Strafe muss sein!*

Karlo hielt die Luft an.

„Du bist also der unartige Junge, der seine Schulaufgaben nicht gemacht hat? Setz dich", herrschte sie ihn an und deutete mit dem Rohrstock auf den Schultisch. „Leg das Geld vor dich auf den Tisch. Und dann runter mit der Hose!"

Karlo bekam einen trockenen Mund.

Zur gleichen Zeit drückte die Schwarzhaarige im Vorraum wieder auf den Türöffner. Sie ging zur Eingangstür, öffnete sie und lehnte sie an. Nach einigen Sekunden hörte sie zögerliche Schritte auf den Stiegen, kurz darauf wurde die Tür geöffnet. Ein kleiner älterer Herr mit Halbglatze trat ein. Die Aktentasche in seinen Händen schien ihm eher Halt als Transportmittel zu sein. Er guckte scheu um sich. Seine Atmung ging schwer und er schwitzte. „Ich ... hatte angerufen", begann er schüchtern. „Ich soll um fünfzehn Uhr bei Frau Rektorin Michelle vorsprechen ..." Sein Gesicht färbte sich puterrot.

Die Schwarzhaarige verzog das Gesicht. Was war hier los? Hatte Michelle aus Versehen einen Doppeltermin gemacht? Nein, dazu war sie zu korrekt. Außerdem hatte sie sich schon auf diesen Termin gefreut. Sie machte die strenge Tour nicht oft, für gewöhnlich bot sie ganz normalen Sex und diverse Massagen an. Aber fünfhundert Euro für ein paar Schläge auf den nackten Hintern eines harmlosen Perversen, einige strafende Worte dazu – da war sie weich geworden. Normalerweise hätte Lady Elektra diesen Part übernommen. Aber die gab zur Zeit ein Gastspiel in einem teuren Bordell in München und war nicht verfügbar. Und so hatte Michelle die Rolle der gestrengen Rektorin sozusagen als Vetretungslehrkraft übernommen.

„Einen kleinen Augenblick noch“, bedeutete sie dem kleinen Mann verwirrt. „Nimm da hinten Platz.“ Die Schwarzhaarige deutete auf eine weiße Ledercouch, die an der Stirnseite des Empfangsraums stand. Kleine Schweißperlen funkelten auf der Stirn des unartigen Jungen, als er sich folgsam setzte. Dann nahm sie sich das Telefon, drückte einen Knopf und wartete ab. Es dauerte nicht lange, bis sich jemand meldete. Die Stimme der Empfangsdame klang hart. „Hulkie, kommst du bitte mal rauf? Ich glaube, hier läuft gerade etwas schief.“

Der kleine Mann drückte sich verschreckt in einen Winkel der Ledercouch.

„Keine Angst, Kleiner. Es geht nicht um dich. *Du* kriegst dein Fett von der Rektorin ab.“

Karlo geriet derweil ins Stottern. „Das – das ist ein Missverständnis. Ich bin nicht, also ich wollte nur ...“

„Auch noch Widerworte?“, klang es ihm gefährlich leise ans Ohr. Das Ende des Rohrstocks patschte drohend in Michelles linke Handfläche. Sie beugte sich drohend über den Schreibtisch. „Muss ich erst deine Eltern anrufen? Nein? Dann tu endlich, was ich dir sage!“

„Nein, hören Sie, Michelle. Ich bin kein – Freier“, presste Karlo heraus. „Ich bin ein Freund von Henry Steuben. Und ich wollte Ihnen ein paar Fragen stellen. Weil – sehen Sie, wir sind – waren – gewissermaßen Geschäftspartner, und da gäbe es einige Dinge ...“

Verdammt, was war nur los mit ihm. Diese rothaarige Hexe hatte ihn total auf dem falschen Fuß erwischt. Gut, dass ihn hier niemand sehen konnte.

In diesem Moment flog die Tür auf.

Karlo wirbelte herum.

Hulkie.

Der Name passte. Ein veritables Muskelgebirge stand im Türrahmen. Mindestens eins fünfundneunzig groß. Im Quadrat. Glatze und Schädel wie Meister Proper. Nur nicht annähernd so freundlich. Seine Stimme grollte wie der Donner eines Wintergewitters in den Hochalpen.

„Ärger, Michelle?"

„Er sagt, er sei ein Freund Steubens."

„Steuben hat keine Freunde mehr." Hulkie wandte sich an Karlo. „Weißt du, was Steuben dir voraushat?"

„Was?", krächzte Karlo heiser.

„Er spürt keine Schmerzen mehr."

Karlos Speichelfluss setzte vollständig aus.

Hektische rote Flecken zeigten sich in Karlos Gesicht. Seine Wangen begannen zu brennen. Viel Zeit zum Überlegen gab es nicht. Würde ihm dieser anabolikageschwängerte Muskelhaufen zuhören? Wohl kaum. Er fühlte sich wie ein Federgewichts-Amateurboxer, dem der Gong zur ersten Runde im Kampf gegen einen Klitschko geschlagen hatte. Karlo hatte gehört, die Klitschko-Brüder seien leidlich intelligent.

Aber – wie stand es um die Hirnleistung von Hulkie?

Er musste es mit Michelle versuchen. Einen Trumpf hatte er noch, schoss es ihm durch den Kopf. Vielleicht. Von wegen Spanner! Er versuchte, cool zu erscheinen.

Karlo winkte geringschätzig in Richtung des Muskelprotzes. „Einen Moment noch, wir beide reden gleich." Dann drehte er sich zu Michelle, zog das Handy aus der Tasche und ging zum Schreibtisch. Michelle war aufgestanden und hatte den Rohrstock abgelegt.

Karlo tippte auf der Tastatur herum, bis er das kurze Video von Malena und Marquard gefunden hatte. Er drückte auf *Start* und hielt Michelle das Display vor die Nase. „Brandaktuell. Vierzehn Uhr fünf, heute Nachmittag. Schönen Gruß von Herrn Marquard."

Michelle setzte die Brille ab. Dann verfolgte sie gebannt die Szene auf dem kleinen Bildschirm. „So ein Mistkerl. Ich hab's gewusst. Wie kommst du zu den Aufnahmen?"

Karlo drehte sich wieder zur Tür. Hulkie war ungemütlich nahe gekommen und wirkte ungeduldig.

Karlo schluckte. „Sagen Sie, Michelle", hörte er sich sagen „wollen wir nicht lieber alleine reden? Nicht, dass ich etwas gegen Ihren ... Leibwächter habe, aber das hier geht doch nur Sie etwas an, oder täusche ich mich?"

Michelle hatte sich wieder gesetzt. Sie machte eine fahrige Bewegung mit der rechten Hand. „Schon gut, Hulkie. Alles in Ordnung. Ich komme zurecht. Danke."

Ein ziemlich enttäuschter Blick zeigte sich unterhalb der polierten Glatze. Hulkie musterte Karlo bedrohlich von oben bis unten und funkelte ihn noch einmal böse an, nur für alle Fälle, als wolle er sagen: *Wir sind noch nicht fertig miteinander.* Dann trollte er sich.

Karlo atmete erleichtert aus.

„Hab mich schon gewundert. Siehst gar nicht aus wie so ein kleiner Maso-Typ. Wer bist du? Ein Schnüffler? Ein Bulle bist du auf jeden Fall nicht. Warum hast du mir den Clip gezeigt?"

Karlo überlegte. War vielleicht etwas zu viel für Michelle, sie jetzt über Marquard auszuquetschen. Man würde sie in den nächsten Tagen im Auge behalten müssen.

„Soll ich ehrlich sein?"

Michelle war überrascht von der Frage. „Warum nicht?"

„Ich habe einen Auftraggeber. Hat mit Henry Steuben zu tun", erklärte Karlo vage. „Ich darf darüber nichts sagen, sonst bekomme ich Probleme. Ich habe schon viel zu viel verraten, als ich dir den Clip gezeigt habe." Karlo ging nun auch zum vertraulicheren *du* über. „Aber er hat mich wohl davor bewahrt, von eurem Kartoffelstampfer zu Mus verarbeitet zu werden", vermutete er.

„Da hast du wohl recht." Michelle dachte nach. „Schick mir den Film auf mein Smartphone", forderte sie resolut.

„Das kann ich nicht machen. Unser Klient verlässt sich auf unsere Diskretion."

„Wer ist denn euer Klient? Etwa Steffen?"

„Also der nun wirklich nicht. Mehr kann ich aber nicht sagen."

„Gut. Wie du willst. Ich kann dir auch einen Film zeigen, wenn du einen Moment Zeit hast."

„Einen Film?"

„Ist nicht besonders lang", Michelle deutete auf den Spiegel an der Wand neben der Tür. „aber immerhin sieht man dich und die Frau Rektorin und was sie dir so alles befiehlt – kein Problem, das ins Netz zu stellen."

„Das ist nicht dein Ernst", keuchte Karlo.

„Warum nicht? Ich kann aber auch Hulkie zurückrufen. Der erklärt es dir gerne ganz genau."

„Zu aufmerksam, aber das ist wirklich nicht nötig. Da wäre mir ja dein Rohrstock noch eindeutig lieber. Gib mir deine Handynummer."

Zwei Minuten später war der Film überspielt.

„Das war's dann. Muss jetzt weiter. Und – ich verlass mich drauf, dass du keinen Mist machst mit dem Film." Als er das spöttische Grinsen sah, fuhr er fort: „Mit beiden Filmen, meine ich."

An der Tür sah er sich noch einmal um. „Deine Nummer hab ich jetzt. Wenn alles vorbei ist, erkläre ich dir, was los war. Versprochen." Einen Moment hielt er noch inne. „Wenn du nicht selbst drauf kommst", schob er hinterher.

Dann machte er sich schnellstens aus dem Staub.

Gedankenverloren kramte er nach seinem Handy, um mit Gehring Kontakt aufzunehmen.

Beim Verlassen des Etablissements fiel ihm der kleine ältere Herr mit der Halbglatze auf, der eingeschüchtert auf der weißen Ledercouch kauerte und seinem Blick verschämt auswich. Vermutlich der unartige Junge?

Karlo beneidete ihn nicht um seine Strafe.

Michelle war gerade ziemlich schlecht drauf.

Freitag, 3. Oktober
Im Präsidium, Frankfurt am Main

19

Hauptkommissar Schönhals und sein Kollege Reichard saßen mit Georg Gehring, Karlo Kölner und Norman Maiforst im Präsidium und verglichen ihre Erkenntnisse. Der Verdacht, dass die Ereignisse zusammenhingen, verdichtete sich zusehends, doch endgültige Beweise fehlten.

Die Tatsache, wieder einmal an einem Feiertag arbeiten zu müssen, hatte die Stimmung im Büro etwas gedämpft.

Gehring nahm einen Schluck aus seinem Kaffeebecher. Sofort verzog er das Gesicht. „Das Zeug grenzt immer noch an schwere Körperverletzung“, erinnerte er sich an seine eigene Zeit als Hauptkommissar. Nicht umsonst hatte er damals eine eigene Kaffeemaschine ins Büro mitgebracht.

„Willkommen zu Hause, Chef“, grinste Reichard seinen ehemaligen Kollegen an. Augenblicklich erntete er einen strafenden Blick von Schönhals.

Karlo ließ sich von dem Geplänkel nicht ablenken. Er war seiner Sache sicher. Von dem Treffen Marquards mit Michelle im Café Mozart hatte er berichtet. Allerdings hatten seine Ausführungen damit geendet. Und das hatte seinen Grund: Sein Kurzauftritt bei Frau Rektorin Michelle war ihm gewaltig peinlich, vor allem bereitete ihm der Gedanke an eine Veröffentlichung des Videos im Internet Magenschmerzen. Auch wenn er alles erklären könnte – irgendwas blieb doch immer hängen. Deshalb behielt er die unangenehme Episode erst einmal für sich. „Also, was die Sache in Sendlingers Halle angeht“, überlegte er laut, „egal, ob es Marquard war oder nicht – er hat bestimmt Dreck am Stecken.“

„Vielleicht, vielleicht auch nicht. *Wenn* Marquard der Mann in der Halle war, dann hat er auch mit Steubens Tod zu tun. Ob als Mörder oder als Mitwisser.“ Reichard kratzte sich am Kopf. „Sonst hätte er kein Interesse an dem Gemälde.“

„Hätte, hätte.“ Schönhals war nervös. „Für *hätte* kriegen wir keinen Haftbefehl. Außerdem war es Brunner, bei dem die Tatwaffe gefunden wurde. Vergessen Sie das nicht.“

Gehring bemerkte plötzlich den veränderten Ausdruck in Maiforsts Gesicht. „Was ist los? Ist Ihnen etwas eingefallen?“

„Ach, es ist wahrscheinlich nichts.“

„Nichts gibt es nicht. Nun reden Sie schon. Hat es was mit diesem Marquard zu tun?“

„Nein, ja –, nicht direkt. Aber er hat – glaube ich – etwas gesagt, als er und Frau Brunner die Gaststätte – also die Bluesmühle – betraten.“

„Glauben Sie!“

„Ja. Ich bin aber gar nicht sicher, ob es etwas zu bedeuten hat.“

„Wenn Sie es uns nicht sagen, können wir es auch nicht beurteilen.“ Jetzt wurde Schönhals ärgerlich. „Was also?“

„Es ist das, was Marquard gesagt hat.“

„Gesagt. Und? Was hat er denn nun gesagt?“ Reichard vollführte eine ungeduldige Geste mit der Hand.

„Das erste Mal habe ich es in der Halle gehört.“ Der Kunsthändler strich sich durch die Haare. „Als die beiden in die Bluesmühle reinkamen, da sagte Herr Marquard: *„bombastisch. Absolut bombastisch“*. Ich habe keine Ahnung in welchem Zusammenhang das stand. Aber genau diese drei Worte, in genau dieser Betonung, sagte auch der Angreifer in der Halle. Die Stimme klang zwar anders, als ob er sie verstellt hätte, aber die Betonung, die war die gleiche."

„Na, das ist doch mal was!", begeisterte sich Karlo. „Damit kriegen wir ihn."

„Ich fürchte, das wird dem Richter nicht reichen", mutmaßte Hauptkommissar Schönhals unzufrieden. „Wir sollten uns in erster Linie auf Brunner konzentrieren."

„Wie sieht es mit Marquards Alibis aus?", fragte Gehring.

„Das ist es ja." Schönhals klang betont geduldig. „Marquard hat für beide Zeiten ein Alibi. In der Zeit, als Steuben erschossen wurde, war er mit Frau Brunner zusammen. Das hat Frau Brunner auch bestätigt." Dann zeigte er wieder eine verzweifelte Miene. „Außerdem bestreitet er, dass er Henry Steubens Haus im Überlinger Weg kennt. Geschweige denn, es jemals betreten zu haben."

„Und am Montag? Während der Geschichte in Rezzo Sendlingers Halle?"

„Da war er auch mit einer Frau zusammen. Mit einer gewissen Michelle Trautmann."

Gehrings Schultern sackten nach unten.

„Gut, wenn man die richtigen Weiber kennt", spottete Karlo. „Haben Sie schon mit ihr gesprochen?"

„Wir haben sie bislang noch nicht erreicht. Warum?" Schönhals beäugte Karlo misstrauisch. „Dieser Blick kommt mir doch bekannt vor. Sie wissen was. Raus mit der Sprache, ich kenne Sie mittlerweile, Herr Kölner."

„Ich habe lediglich wissen wollen, ob diese Frau – wie hieß sie doch gleich?", fragte Karlo scheinheilig.

„Michelle Trautmann", kam es ungeduldig zurück.

„Trautmann, ja, genau. Ob diese Frau Trautmann das Alibi bestätigt hat."

„Warum sollte sie das nicht tun?" Das Misstrauen des Hauptkommissars wuchs zusehends. Auch Kommissar Reichard schenkte Karlo einen kritischen Blick.

„Was weiß ich?", wand sich Karlo ungemütlich. „Manche Frauen sind eben etwas wankelmütig."

Auf dem Heimweg herrschte nachdenkliche Stille im Wagen, was Karlo ganz recht war. Er nutzte die Denkpause und wählte Michelles Nummer. Es tutete dreimal, bevor die Sprachbox ansprang. *„Hallo, hier ist Michelle. Ich bin gerade beschäftigt. Versuch es bitte später noch einmal, ich freu mich auf dich."*

Hoffentlich war sie nur mit einem Kunden beschäftigt. Karlo hatte ein komisches Gefühl.

Samstag, 4. Oktober
Frankfurt am Main

20

Eifersucht. Das Gefühl, mit dem Steffen Marquard überhaupt nicht umgehen konnte. Ständig musste man etwas erklären. Ständig musste man etwas erfinden. Und ständig lief man Gefahr, überprüft zu werden. Marquard wusste, dass sein Hang zum anderen Geschlecht eine Schwachstelle war.

Steffen Marquard selbst war frei von den zwei Dingen, die einem das ganze Leben blockieren konnten: Schlechtes Gewissen und die eben schon erwähnte Eifersucht.

Sein fehlendes schlechtes Gewissen hatte nicht nur dazu geführt, dass es möglich wurde, sich gewaltig in Malena Brunner zu verlieben. Es hatte auch dazu geführt, dass er dieses Gefühl wirklich zulassen konnte. Er hatte einen lukrativen Auftrag dadurch verloren, doch dafür sah er plötzlich eine völlig neue Lebensperspektive. Alles könnte sich ändern. Er musste höllisch aufpassen. Er wollte Malena nicht verlieren.

Jetzt bloß keine Fehler.

Denn Marquard mochte auch Michelle. Aber auf eine völlig andere Art. Das war ihm klar geworden in den letzten Tagen. Michelle war nett, sehr nett. Und aufregend. Aufregend hübsch und sexy. Aber sie war eine Nutte.

Wer wollte schon eine Nutte zur Frau. Außer in gewissen Momenten. Malena – das war schon ein anderes Kaliber. Eine Frau mit Klasse.

Und jetzt das! Zum dritten Mal sah er sich den Clip an, den ihm Michelle geschickt hatte. Es gab keine Ausrede. Zu eindeutig war die Szene. Und die Aufforderung Michelles: *„Das wirst du mir erklären müssen.“*

Hatte Michelle ihn verfolgt? Oder jemanden den Auftrag gegeben, dies zu tun? Michelle wusste zu viel über ihn. Sie konnte ihm gewaltig schaden, so viel war klar.

Ob sie so weit gehen würde? Er musste das prüfen. Oder gleich auf Nummer sicher gehen.

Jemand, der nicht vollständig frei war von schlechtem Gewissen, war Karlo Kölner. Mit allen Wassern gewaschen, bediente er zwar zuweilen virtuos den Mechanismus der Verdrängung, doch wenn es problematisch wurde, war er durchaus in der Lage, über seinen Schatten zu springen.

Ihm selbst erschien dieser Schatten momentan besonders lang. Er musste darüber reden, was er wusste. Wenigstens Gehring musste er sich offenbaren. Die Verbindung Marquards zu Michelle war die eine Sache und für sich alleine betrachtet eigentlich unverdächtig.

Welcher pikanten Arbeit Michelle nachging und vor allem wo, ließ hingegen alles in einem anderen Licht erscheinen. Es musste einfach eine Verbindung von Steuben zu Marquard gegeben haben. Karlo bezweifelte, dass Steffen Marquard nichts von Michelles Broterwerb wusste.

Es gab viele Fragen, die Karlo quälten. Sollte man Jeannettes Freundin Malena informieren? Würde sie überhaupt begreifen, dass man ihr damit nichts Böses wollte, ganz im Gegenteil? Und wenn man sie ansprach: Würde sie Marquard warnen? Immerhin schien sie schwer verliebt zu sein. Nein, überlegte Karlo. Das Risiko war einfach zu groß. Er würde noch einmal mit Michelle reden müssen. Trotzdem musste er auch mit Gehring …

Auf einmal machte es *klick*.

Michelle. Der Spiegel mit der Kamera! Verdammt! Das hätte er gleich merken müssen. Michelle hatte ihn reingelegt. Aber anders, als er es zunächst befürchtet hatte.

Es gab gar keinen Film von ihm. Die Wand, an der der Spiegel hing, war die dünne Trennwand zum Flur. Keine Chance, dahinter eine Kamera zu installieren. Es gab weder Kamera noch Film. Dieses Miststück.

Nun fiel es ihm leicht, Gehrings Nummer zu wählen. Und eine Idee, wie es weitergehen könnte, hatte er auch.

Gehring war zur gleichen Auffassung wie Karlo gekommen. Schwieriger war es dagegen, Maiforst davon zu überzeugen, bei der ganzen Sache mitzuspielen. Immerhin hatte er sich bereit erklärt, in die Birsteiner Straße zu Gehring zu kommen, um über alles zu reden. Zuerst hatte Karlo Gehring und Maiforst über seinen Erkenntnisstand unterrichtet.

„Herr Maiforst“, begann Gehring vorsichtig. „Es ist uns schon bewusst, dass wir ein wenig auf Risiko spielen. Aber wir sind uns so gut wie sicher, dass Marquard seine Finger im Spiel hat. Wenn es stimmt, was Karlo vermutet, dann steht er unter Druck. Und wenn es nur durch den Clip ist, den Herr Kölner von ihm und Frau Brunner gemacht hat.“

Maiforst fühlte sich sichtlich unwohl.

„Norman“, versuchte es Karlo erneut. „Stell dir bloß vor: Wenn Marquard von Michelle mit dem Film konfrontiert wurde, und sie noch mehr über ihn weiß. Oder wenn sie ihm ein falsches Alibi gegeben hat und ihm aufgrund des Films droht, das Alibi platzen zu lassen. Oder wenn Marquard auch nur fürchtet, diese Situation könnte eintreten, dann ist Michelle in Gefahr. Und damit nicht genug. Ich versuche seit Donnerstagabend sie zu erreichen. Zuerst war nur der Anrufbeantworter dran. Jetzt ist das Handy ganz aus, Ortung ist also nicht mehr möglich. Die Polizei scheint auch nicht weiter zu sein. Also?" Karlo schaute Maiforst fragend an.

„Gut. Ich mach's." Maiforst gab sich geschlagen.

Gehring zeigte sich ebenso erleichtert wie Karlo, als Maiforst versprach, seinen Verdacht gegenüber Marquard bei der Polizei zu konkretisieren.

„Damit kann die Polizei endlich etwas tun." Gehring schaute Karlo scharf an. „Wir warten ab, was die Polizei rausbekommt. Keine Alleingänge, Herr Kölner, verstanden?"

„Ja. Verstanden." Karlo guckte treuherzig.

Gehring hatte Kommissar Reichard über Karlos Erkenntnisse informiert. Dann war Maiforst ins Spiel gekommen.

„Und Sie sind ganz sicher?" Reichard war das leichte Zögern des Kunsthändlers sofort aufgefallen.

„Ja", tönte es durch den Hörer. „Ich habe noch einmal die ganze Situation Revue passieren lassen. Ich bin sicher. Der Mann in der Halle war Steffen Marquard."

„Das können Sie uns auch zu Protokoll geben?"

„Ja. Das kann ich."

„Gut. Das hilft uns sehr, Herr Maiforst. Vielen Dank."

Reichard hatte sein Telefon auf laut gestellt, er musste Schönhals nichts mehr erklären.

„Also eine Fahndung, mit allem Drum und Dran. Nach Marquard und nach Frau Trautmann. "

–

Am Morgen des folgenden Tages war Michelles Handy immer noch nicht wieder eingeschaltet. Karlo war unruhig. Da stimmte etwas nicht, dachte er nun zum wiederholten Mal. Auch Jeannette bemerkte seine Unruhe. Ein halbes Brötchen zum Frühstück, zwei Tassen Kaffee – das war alles. Dann hatte er seinen Helm geschnappt, war nach unten gelaufen und hatte sich auf das MZ-Gespann gesetzt.

Als er gegen elf Uhr die Klingel vom *Studio L* drückte, war ihm klar, dass auch hier großer Ärger drohen könnte. Deshalb hatte er sich entschlossen, gleich an der gefährlichsten Stelle anzusetzen.

Die Schwarzhaarige erkannte ihn sofort. „Du schon wieder? Michelle ist nicht da. Und wenn du nicht sofort ...“

„Ich muss mit Hulkie sprechen. Es ist wichtig.“

Sie schaute Karlo an, als hätte er ihr gerade berichtet, die Niagarafälle in einem Fass hinunterschwimmen zu wollen. Sie nahm den Hörer und drückte Hulkies Nummer. „Hulkie? Du hast Besuch. Kommst du mal hoch?“

Als Hulkie durch die Tür gestapft kam, wurde es Karlo mulmig. „Können wir uns unter vier Augen unterhalten?“, begann er. „Ich brauche deine Hilfe. Es ist wichtig.“

Hulkies Gesicht blieb ausdruckslos. „Meine Hilfe?“, wiederholte er und winkte Karlo zu sich. „Komm mit.“

Gemeinsam stiegen sie die Treppe hinab bis ins Erdgeschoss. Dort öffnete Hulkie die erste Tür auf der linken Seite. Es war eine Art Mehrzweckraum, in den sie eintraten, ein Aufenthaltszimmer oder auch ein Büro, je nachdem wie man die Einrichtung interpretieren wollte. Karlo griff reflexhaft nach der Klinke und wollte die Tür ins Schloss ziehen, dabei spürte er den Widerstand und bemerkte den Türschließer.

„Die geht von selbst zu“, grollte Hulkie. „Setz dich.“

Karlo gehorchte und ließ sich auf einen bequemen Sessel fallen. Hulkie setzte sich auf die Kante des Schreibtisches, der an der rechten Zimmerwand stand.

„Ich höre.“

„Es geht um Michelle. Hast du eine Ahnung, wo sie ist?“

Hulkies Augen flackerten. „Was willst du von ihr?“

„Ich suche sie. Ich mache mir Sorgen, dass ihr etwas zugestoßen sein könnte.“

Während Hulkie über Karlos Aussage nachzudenken schien, streifte Karlos Blick prüfend durch das Zimmer. An den Wänden hingen einige Poster von Bodybuildern in martialischer Pose, ein Autokalender mit teuren Sportwagen und ein großes Plakat einer Harley Davidson. *„Das übliche Machozeug“*, dachte Karlo.

Doch etwas fehlte zum Bild, das er sich von dem Muskelmann machte. Keine Poster von halbnackten Frauen an der Wand. Keine Spindfotos oder etwas in der Art. Doch, da, neben der Harley. Aber – diese Frau im knappen Bikini am Pool – ein Foto, etwa DIN-A4, das war doch Michelle? Und dort – Karlo reckte den Hals, als er den ausgebreiteten Stapel Fotografien auf dem Schreibtisch erkannte – Michelle neben einem Auto, Michelle neben Marquard, Michelle beim Betreten eines Lokals, wieder mit Marquard. Alles mit Teleobjektiv aufgenommen. Das waren doch die reinsten Stalkerfotos. Oder wenigstens Aufnahmen einer Überwachung. Die Kamera auf dem Schreibtisch brachte Karlo auf den Gedanken, Hulkie könne diese Bilder geschossen haben.

„Was hast du mit Michelle zu tun?“ Karlo fuhr erschrocken aus seinen Gedanken auf. Hulkie war vom Schreibtisch gerutscht und kam langsam auf Karlo zu. Karlos Kehle wurde trocken und schnürte sich zu. Er überlegte fieberhaft, wie er aus dieser Situation herauskam.

„Was willst du von ihr?“, kam es erneut. Es klang bedrohlich. „Wer bist du eigentlich?“

Karlo drückte sich tief in den Sessel. Er musste dem Kraftpaket irgendetwas anbieten. Es ging nicht anders, er musste seine Karten aufdecken.

„Ich bin ein ... Schnüffler, würdest du wohl sagen, ein Privatdetektiv“, presste er hervor. „Wir haben eine Klientin – ach, es ist alles etwas verwickelt. Es sieht im Moment so aus, als ob Michelle in Gefahr ist. Weil sie jemandem ein Alibi geben soll und das möglicherweise gar nicht kann. Oder nicht will. Ich habe versucht sie zu erreichen, aber das Handy ist ausgeschaltet. Neuerdings springt noch nicht einmal mehr die Box an.“

Hulkie schien nervös zu werden. Er wirkte irgendwie ohnmächtig, hilflos, blieb vor Karlo stehen und schaute auf ihn herab. „Sonst noch was?“

„Kennst du Steffen Marquard?“

„Was ist mit ihm?“, knurrte es böse zurück.

„Die Bullen suchen ihn. Ich nehme an, die glauben, dass er was mit dem Verschwinden von Michelle zu tun hat. Du kennst ihn also?“ Karlo dachte an die Fotos, die Michelle auch mit Marquard zeigten.

Hulkie sprang auf. „Ich brech ihm alle Knochen, wenn ihr was passiert“, grollte er. Karlo zog den Kopf ein.

„Marquard kannte Steuben, oder?“

Hulkie staunte. „Du hast Steuben wirklich gekannt?“

„Nicht besonders gut“, gab Karlo zu. „Aber er hat ein Gemälde gekauft, das ein Bekannter von mir für ihn besorgt hat.“ Karlo überlegte, wie weit er noch gehen konnte. „Und ich habe seine Leiche gefunden.“

Risiko.

Hulkie setzte sich wieder. „Und du glaubst, Marquard hat etwas damit zu tun?“

„Ich weiß es nicht. Aber ich will es herausfinden.“

Karlo war unsicher, was er noch preisgeben sollte. Wer wusste, welche Rolle der Kraftprotz bei allem spielte. Und was er wusste. „Mir geht es momentan in erster Linie um Michelle. Ich bin sicher, dass sie in Gefahr ist.“

Das verstand Hulkie. Sein Gesicht wurde weich wie Vanilleeis in der Sonne. „Du glaubst, ihr ist etwas passiert?“

„Ich hoffe nicht. Du magst Michelle sehr, was?“ Karlo schaute verständnisvoll. Dann fiel sein Blick wieder auf den Schreibtisch. Er nahm seinen Mut zusammen, stand auf und schob die Bilder weiter auseinander. Noch mehr dieser Aufnahmen, alle mit dem Teleobjektiv gemacht.

Hulkie blieb sitzen und wurde knallrot. Er wirkte verlegen, räusperte sich und rutschte auf seinem Sessel hin und her. Er nickte Richtung der Bilder. „Steuben hat gesagt, ich solle ein bisschen auf sie aufpassen. Er wollte wissen, mit wem sie rumzieht. Oder ob sie überhaupt mit jemandem ...“ Er ließ den Rest offen. „Das war ja nicht schlecht, weil ich auch, ich meine ...“ Wieder unterbrach er sich. Dann schien er wütend zu werden. Unvermittelt schlug er mit der Faust in die offene Hand, dass es klatschte. Sein Gesicht wirkte wieder wie aus Stein gemeißelt. „Wenn er ihr was getan hat, mach ich ihn platt.“

Karlo rieb sich angestrengt die Nase. Wenn Marquard etwas mit dem Verschwinden von Michelle zu tun hatte, wollte er nicht in seiner Haut stecken.

Sonntag, 5. Oktober
Frankfurt am Main

21

Es war entgegen aller Erwartungen für die Polizei nicht schwierig gewesen, Marquard zu finden. Er besaß ein kleines Haus in der Frankfurter Straße in Bergen und war dort auch gemeldet.

Marquard war gerade im Begriff, das Haus zu verlassen, als er den Wagen der Polizei durchs Fenster sah. Was hatte das zu bedeuten? Er überlegte fieberhaft.

„Scheint keiner da zu sein." Kommissar Neumann wollte abdrehen. Doch sein Kollege hielt ihn an der Schulter fest. „Moment noch. Ich glaube, ich habe etwas gehört."

„Gehört?"

„Ja. Da ist jemand. Ich geh mal nach hinten. Du wartest hier und passt auf, dass er nicht verschwindet."

Im gleichen Moment öffnete sich die Tür.

„Ja, bitte?" Marquard beäugte die Polizisten durch sein rechtes Auge. Das linke war zugeschwollen. Ein graublauer Rand zeigte sich rings um die Schwellung. Die Nase war ebenfalls in Mitleidenschaft gezogen und grotesk angeschwollen.

„Himmel! Was ist denn mit Ihnen passiert? Sind Sie Steffen Marquard?"

„Ja. Um was geht es?"

Neumann hielt ihm seinen Ausweis unter die Nase. „Kriminalpolizei. Mein Name ist Werner Neumann. Wir möchten Sie bitten, uns zu begleiten. Hatten Sie Ärger?“

„Bin gegen eine Tür gelaufen.“

Klar.

Steffen Marquard hatte sich überaus kooperativ gezeigt. Er war, ohne zu murren, in den Wagen eingestiegen. Er hatte den Haftbefehl mit der Spur eines arroganten Lächelns begutachtet und sich in sein Schicksal ergeben. Auch der Durchsuchung seines Hauses nach Michelle Trautmann hatte er sich nicht in den Weg gestellt. Die Polizei war nicht fündig geworden.

Sein alsbald erschienener Anwalt war allerdings nicht in der Lage gewesen, Marquard aus seiner misslichen Lage zu befreien. Die Aussage Maiforsts klang eindeutig, und das Alibi für die besagte Zeit in Sendlingers Halle war von Michelle noch nicht bestätigt worden.

„Wo befindet sich Frau Trautmann?“ Schönhals hielt sich mit allergrößter Anstrengung zurück. Er vermutete das Schlimmste und fühlte sich hilflos.

„Woher soll ich das wissen? Sie haben doch schon mein Haus durchsucht.“

Leo Schober, ein durchaus renommierter Strafverteidiger und nicht unbedingt als Ganovenanwalt bekannt, saß aufrecht vor dem Schreibtisch und schaute die Kommissare ernst an. „Was wollen Sie meinem Mandanten unterstellen? Dass er ausgerechnet die Frau beseitigt hat, die sein Alibi bestätigen kann? Finden Sie nicht, dass sich das merkwürdig anhört?“

„Erstens erscheint es uns fraglich, ob sie das Alibi tatsächlich bestätigen kann. Und zweitens: Niemand versucht, etwas zu unterstellen. Wir wollen lediglich die Wahrheit herausbekommen. Genau wie Sie, Herr Anwalt."

Schönhals platzte nun fast der Kragen. „Eine Frau wird vermisst. Seit drei Tagen. Herr Marquard behauptet, sie könnte ihm sein Alibi bestätigen. Ob das stimmt, wissen wir nicht. Wir machen uns jedenfalls Sorgen um die Frau."

Der Anwalt verzog keine Miene. „Jetzt machen Sie aber einen Punkt. Frau Trautmann arbeitet als Prostituierte. Vielleicht ist sie einfach unterwegs? Bei der Arbeit? Macht Hausbesuche und möchte nicht gestört werden? Außerdem, drei Tage? Sie ist ein erwachsener Mensch. Vielleicht macht sie Urlaub? Es gibt viele Erklärungen. Mein Mandant hat nicht das Geringste damit zu tun."

Schönhals sah Marquard lauernd an. „Wann haben Sie Henry Steuben das letzte Mal gesehen?"

„Wen bitte?"

„Sie wollen uns doch nicht erklären, Sie kennen Henry Steuben nicht? Laut unserer Zeugenaussage sind Sie im Besitz des Bildes, das am Tage des Todes aus Steubens Haus im Überlinger Weg entwendet wurde."

Der Anwalt hob die Hand. „Einen Moment. Diese Anschuldigung ist mir neu. Ich möchte gerne mit meinem Mandanten unter vier Augen sprechen."

Schönhals zuckte mit den Schultern. „Nun gut. Wenn Sie meinen. Dann machen wir eben eine Pause."

Nach zwanzig Minuten saßen sich die Kommissare, Marquard und sein Anwalt wieder gegenüber. Schönhals hatte sich in seinem Stuhl zurückgelehnt und die Arme hinter dem Kopf verschränkt. „Ich höre."

Leo Schober hob arrogant die Augenbrauen. „Folgendes:

Mein Mandant räumt ein, Henry Steuben gekannt zu haben. Allerdings nur flüchtig. Er arbeitet für Steubens Firma *GFL, Great Francfort Leisure.* Niveauvolle Freizeitgestaltung für solvente Herren. Dabei ist man sich naturgemäß auch schon mal über den Weg gelaufen. Das können Sie gerne überprüfen. Und von einem gestohlenen Gemälde weiß Herr Marquard nichts."

Schönhals klang bitter. „Dann kennen Sie auch Steubens Haus in Fechenheim nicht? Das Haus im Überlinger Weg?"

Marquard schien amüsiert. „Bitte? In Fechenheim? Das ist ja zum Lachen. Fechenheim, ausgerechnet. Herr Steuben wohnt in Bad Homburg."

„Sie behaupten also, Steubens Haus im Überlinger Weg nicht zu kennen?"

„Was soll das für ein Haus sein? Nein. Wie kommen Sie bloß auf solch einen Quatsch?"

„Sie wissen schon, dass Ihr Chef tot ist?"

„Natürlich. Aber was hat das mit dem angeblichen Haus in Fechenheim zu tun?"

„Nun, dort wurde er tot aufgefunden."

„Das tut mir leid", beharrte Marquard. „Aber ich kenne das Haus nicht."

„Und Sie waren nie dort gewesen?"

Der Anwalt war aufgesprungen. „Nun ist es aber gut, meine Herren. Wollen Sie meinem Mandanten jetzt auch noch den Mord an Steuben anhängen? Ich glaube, für heute reicht es."

Montag, 6. Oktober
Frankfurt am Main

22

Maiforst lief die Zeit davon. Zwei Kunden warteten darauf, einen Termin bei ihm zu bekommen. Doch Gehrings Ermittlungen machten ihm erneut einen Strich durch seine Planungen. Widerstrebend hatte er seine Termine um einen Tag verschoben. Nun saß er erneut im Büro des ehemaligen Hauptkommissars. Auch Karlo hatte wieder den Weg hergefunden. Karlos Begleiter hatte allerdings ein leichtes Stirnrunzeln bei Gehring hervorgerufen.

„Das ist Kevin", stellte Karlo den Mann vor. „Kevin Blume." Gehring schaute verständnislos. „Ich weiß, passt nicht so ganz", lachte Karlo. „Er wird auch Hulkie genannt. Er weiß Bescheid über das Meiste. Mittlerweile."

Jetzt begriff Gehring.

„Die Polizei hat Marquard geschnappt." Gehring musterte Hulkie prüfend. „Er sieht angeblich aus, als sei er unter eine Dampfwalze gekommen."

Karlo schaute unschuldig aus der Wäsche. „Frau Trautmann war jedenfalls nicht in seinem Haus."

„Herr Kölner! Ich hatte Ihnen doch ausdrücklich ... ach, was erzähle ich hier. Sie machen ja doch, was Sie wollen."

„Michelle", meldete sich nun der Kunsthändler.

„Ja?" Gehring guckte ihn verblüfft an. „Was ist mit ihr?"

„Weiß nicht. Aber Steuben hat seine Katze Michelle genannt. Das hatte ich ganz vergessen. Er sagte, er hat sie nach seinem besten Pferdchen im Stall genannt."

„Steuben hatte eine Katze?"

„Sieht so aus."

„Ich glaube nicht, das das Zufall ist. Das mit dem Namen", meinte Karlo. Er wandte sich an Hulkie. „Kennst du Steubens Haus im Überlinger Weg?"

„Überlinger Weg? Wo soll das sein? Keine Ahnung."

„Aber vielleicht Marquard? Vielleicht kennt er das Haus?"

Nun schaltete sich Gehring wieder ein. „Ich habe schon mit Reichard gesprochen. Der sagt, Marquard behauptet, nie dort gewesen zu sein. Er sagt, er kennt das Haus nicht."

„Ich kenn es ja auch nicht", wiederholte sich Hulkie.

„Aber du kennst es wirklich nicht", bestätigte Karlo. „Und Marquard lügt, weil er Steuben getötet hat."

„Aber was ist mit Brunner?", überlegte Gehring. „Und dem Revolver, der zu den tödlichen Geschossen passt?"

„Scheiße. Stimmt ja. Die Geschichte von Brunner ist sowieso seltsam. Ich frage mich, wie sich das alles zusammenreimt." Karlo ließ ratlos den Kopf hängen. „Schön wäre", fuhr er fort, „wenn wir Zusammenhänge finden könnten."

Unversehens runzelte er die Stirn. Etwas schien ihn zu beschäftigen. Erwartungsvoll sah er in die Runde. „Wer erbt eigentlich das Ganze?"

„Wie, das Ganze?" Gehring guckte fragend.

„Na ja, Steubens Besitz. Seine Häuser, sein Geschäft, seine Bildersammlung, einfach alles."

Gehring nickte bedächtig. „Das ist eine gute Frage. Die hat sich die Polizei bestimmt auch schon gestellt."

„Ob sie auch schon die Antwort hat?" Karlo war wieder hellwach.

„Sollte mich wundern, wenn nicht. Vielleicht sollte ich Harald noch mal anrufen."

„Auf jeden Fall." Karlo sah unternehmungslustig aus. „Wäre vielleicht interessant zu wissen. War Steuben eigentlich verheiratet?"

„Nicht, dass ich wüsste."

„Ich habe ein Testament gesehen!"

Gehring und Karlo guckten Maiforst mit großen Augen an.

„Ein Testament?", kam es fast im Chor.

„Na ja, auf jeden Fall ein Hefter, auf dem *Testament* stand."

Gehring wurde hellhörig. „Wo haben Sie das gesehen?"

„Bei Steuben im Büro. Als wir das Bild geliefert haben. Es schien ihm irgendwie unangenehm zu sein, und er hat es schnell im Tresor eingeschlossen. Als wolle er vermeiden, dass ich es sehe."

„Interessant. Ich werde Harald danach fragen. Mal sehen, ob die etwas gefunden haben."

Hulkie schien die Richtung, die das Gespräch nahm, nicht zu gefallen. Er war unruhig. „Was ist jetzt mit Michelle?"

„Noch eine gute Frage", erwiderte Karlo. „An Marquard kommen wir im Moment nicht ran." Dann verzog er grimmig das Gesicht. „Ich glaube eigentlich auch nicht mehr, dass er etwas damit zu tun hat. Nach Hulkies Sonderbehandlung hätte er bestimmt geredet."

„Die Katze."

Alle schauten verblüfft zu Hulkie.

„Die Katze?", fragte Karlo verblüfft.

„Ja." Hulkie kratzte sich am Kopf. „Michelle, die Katze, die er eben erwähnt hat." Er zeigte mit dem Finger auf Maiforst. „Wer kümmert sich um die Katze?"

„Ich weiß nicht." Gehring war erstaunt über Hulkies

Frage. „Vielleicht ist sie abgehauen in dem ganzen Durcheinander."

Hulkie ließ nicht locker. „Und wenn nicht?"

Gehring verstand nicht ganz. „Was hat das mit unserer Geschichte hier zu tun?"

„Nichts", rollte Hulkies Bass durch Gehrings Büro. „Aber wenn sie im Haus eingesperrt ist, verreckt sie, weil sie nichts zu fressen bekommt. Außerdem ..." Hulkie wurde wieder rot.

„Schon klar, Hulkie. Sie heißt Michelle." Karlo klopfte dem Leibwächter auf die Schulter.

Gehrings Achtung vor dem Kraftpaket stieg. Mitleid mit einer Katze wäre das Letzte gewesen, das er hinter dieser martialischen Fassade erwartet hätte.

„Hulkie – ich meine, Herr Blume, wenn ich Kommissar Reichard erreiche, frage ich ihn nach der Katze. Vielleicht haben sie das Tier gefangen und ins Tierheim gebracht. Das wäre gut möglich."

Hulkie schien nicht überzeugt. Doch er blieb still. Gehring gefiel sein Gesichtsausdruck ganz und gar nicht.

Nach zehn Minuten gab Gehring auf. Weder am Handy noch im Büro war Kommissar Reichard erreichbar.

„Ich versuche es weiter." Er blickte in die Runde. „Das war's für den Moment, denke ich. Mehr können wir nicht tun. Wir bleiben in Verbindung. Ich melde mich sofort, wenn ich Reichard erreicht habe."

„Komm, Hulkie." Karlo schlug dem Leibwächter auf den Rücken. „Soll ich dich wieder nach Frankfurt zurückfahren?"

Hulkie brummte etwas Unverständliches und lief hinter Karlo her.

Die MZ knatterte im Leerlauf. Hulkie hatte sich wieder in

den Seitenwagen gequetscht und Karlo wollte gerade den ersten Gang einlegen, da klopfte ihm der Bodyguard gegen das rechte Bein.

„Was gibt's?"

„Die Bude!"

„Die Bude?"

„Ja, Steubens Bude."

„Was ist damit?"

„Die ist doch hier fast um die Ecke."

„Ja, warum?"

„Fahr hin!"

„Was hast du vor?"

„Fahr hin, verdammt!" Hulkie funkelte Karlo gefährlich aggressiv an.

„Ist ja schon gut." Hatte er eine Wahl?

Karlo hatte das Gespann schon im Hennsee abgestellt. Die restlichen Meter waren sie zu Fuß gelaufen. Schließlich standen sie vor der Tür zum Vorgarten.

„Und jetzt?" Karlo war unschlüssig.

„Jetzt gehen wir rein", grollte es neben ihm. Hulkie stieß die Vorgartentür auf und stapfte auf die Haustür zu. Drei Meter davor stoppte er und schien Anlauf nehmen zu wollen. Karlo bremste ihn im letzten Moment.

„Halt. Nicht hier vorne."

Ein düsterer Blick streifte ihn. „Wo dann?"

„Hintereingang. Kenn ich schon."

Die Hintertür bereitete Karlo etliche Schwierigkeiten. Das moderne Schloss war nichts für Anfänger. Er hatte seine liebe Mühe, Hulkie von der brachialen Variante abzuhalten. Nach zwanzig Minuten betraten sie das Haus. Das

Schloss war genauso hinüber wie Karlos Selbstbewusstsein als Panzerknacker.

„Das hätt ich schneller hingekriegt", murrte Hulkie.

Karlo sparte sich den Kommentar und lief zur Treppe. Als er den Fuß auf die erste Stufe setzte, hörte er in seinem Rücken Hulkies grollende Stimme. „Michelle!"

Er ließ das Geländer los und fuhr herum. *Michelle?*

Das Bild, das sich Karlo bot, hätte einen Stein erweicht. Hulkie stand in der Mitte des Zimmers. Seine Lippen waren gespitzt, der Rest des Gesichtes hatte sich zu einem infantilen Ausdruck geformt. Auf seinem linken Unterarm lagerte eine graue Katze mit weißem Lätzchen. Mit der rechten Hand kraulte er sie unterm Kinn. Karlo konnte das Schnurren bis zur Treppe hören.

Dann übertönte Hulkies Bass die behaglichen Lautäußerungen Michelles. „Ich hab's gewusst. Die Wichser haben die Katze eingesperrt. Gut, dass wir nachgeschaut haben. Die wäre glatt verhungert."

„So unterernährt sieht sie gar nicht aus." Ein böser Blick ließ Karlo verstummen. Konnte das sein? Zehn Tage ohne Futter und Wasser? Würde das eine Katze überstehen? Er schaute zur offenen Hintertür „Vielleicht war sie draußen und ist eben erst mit uns reingekommen", überlegte er laut und begann, die Stufen zum ersten Stock zu erklimmen. „Vögel und Mäuse gibt es bestimmt genug im Garten."

Hulkie folgte ihm grummelnd.

„Niemand hier." Hulkie klang enttäuscht, nachdem sie die Räumlichkeiten gecheckt hatten.

„Was hast du erwartet? Eine Geburtstagsparty? Komm, lass uns verschwinden."

„Moment noch. Muss pissen. Wo ist denn hier das Klo?"

„Keine Ahnung."
„Hast du nicht im Klo nachgecheckt?"
Karlo verdrehte die Augen. „Mist. Offensichtlich nicht. Da drüben, denke ich." Er nickte mit dem Kopf in Richtung einer schmalen Holztür.
Der Bodyguard ging zu Karlo und drückte ihm die Katze in den Arm. „Pass bloß auf, dass sie nicht abhaut."
Karlo schrieb es sich gut hinter die Ohren.
Mittlerweile stand Hulkie vor dem Bad und wollte die Tür aufdrücken. Sie war verschlossen. Hulkie stutzte.
„Ist zu", brummte er.
Karlo trat näher und legte einen Zeigefinger an den Mund. „Von innen abgeschlossen", flüsterte er kaum hörbar.
„Woher weißt du das?", grollte es zurück.
Hulkie wieder! Karlo verzog das Gesicht. „Siehst du einen Schlüssel von außen?"
„Stimmt." Hulkie nahm Anlauf.
Karlo traute sich nicht, die Katze loszulassen.
Krachend brach die Tür aus dem Rahmen. Das hässliche Geräusch berstenden Holzes mischte sich mit einem langen spitzen Schrei. Hulkie griff die Tür mit einer Hand und schleuderte sie hinter sich. Karlo sprang im letzten Moment zur Seite, die Katze krampfhaft in den Armen.
Hulkie drehte sich wieder und lugte ins Innere des Bads.
„Michelle!"
Ein Wunder. Hulkie konnte sprechen, ohne dass es grollte.
Auf dem Rand eines großen Whirlpools kauerte eine rothaarige Frau. Karlo sah, wie das Entsetzen in ihren Augen einer großen Erleichterung wich. „Hulkie!"
Dann sah sie Karlo. „Und der Schnüffler."

Wie sich herausstellte, besaß Michelle einen Schlüssel zum Haus. Sie hatte gehört, dass jemand ins Haus eingedrungen war und sich dann voller Angst im Bad eingeschlossen. Nun saß sie im Erdgeschoss auf der Couch und schaute die beiden Männer an, die ihr gegenübersaßen.

„Ich wollte nicht, dass Steffen zu mir kommt, nachdem ich ihm den Film geschickt hatte. Und ich dachte mir, der letzte Platz, an dem er mich sucht, ist in Henrys Haus."

„Marquard kannte das Haus?"

„Keine Ahnung. Gut möglich, dass er gar nichts davon wusste. Und Henry selbst war ja nur selten hier."

„Du hast mich reingelegt", beschwerte sich Karlo unvermittelt.

Michelle guckte unschuldig. „Was meinst du?"

„Jetzt komm schon. Die Kamera. Die gibt es gar nicht."

„Hab mich eh gewundert, dass du das gefressen hast."

„Hab's ja gemerkt."

„Zu spät." Michelle kicherte.

„Die Polizei hat Marquard verhaftet", wechselte Karlo das Thema. „Er scheint irgendwie mit drin zu hängen, in der Sache mit Steuben. Es gibt einen neuen Zeugen."

Karlo begriff, dass es zwischen Steuben und Michelle eine tiefere Verbindung gab. Auf welche Art auch immer. Michelle schien unsicher, etwas bedrückte sie. Karlo spürte ihren Zwiespalt.

„Du weißt doch was. Lass es raus, es wird dich erleichtern."

Hulkies Augen blitzten wieder gefährlich.

„Ich bin nicht der Feind", beschwor Karlo die beiden. „Wenn ihr nichts mit Steubens Tod zu tun habt, dann sollten wir zusammenarbeiten."

Karlo dachte kurz nach. Dann entschied er sich, noch

etwas preiszugeben. „Also", begann er, „unsere Klientin möchte, dass wir die Unschuld Ihres Mannes, Florian Brunner, beweisen. Man hat ihn unter etwas seltsamen Umständen festgenommen. Er trug die Tatwaffe bei sich, und jetzt ist er der Hauptverdächtige. Aber Frau Brunner glaubt nicht daran, dass ihr Mann schuldig ist. Und da hat sie uns engagiert, das Gegenteil zu beweisen."

„Brunner?" Michelle schien alarmiert.

„Ja, Brunner. Wieso?"

„Florian Brunner?"

„Ja. Du kennst ihn?"

„Der Ex-Fußballer? Ja. Ich habe – er hat, ich meine ..."

Hulkie schaute geringschätzig. „Der Disco-Brunner. Er hat sie gefickt. Für Geld. Für viel Geld. Was für ein Loser!" Er betrachtete Michelle neugierig. Die schien plötzlich zu begreifen.

„Wer ist die Frau auf dem Film? Ist sie das?"

Karlo fühlte sich total überrumpelt. „Michelle, ich kann nicht – du solltest ..."

„Aha. Sie ist es also."

Karlo bemerkte, wie es in Michelle zu arbeiten begann. Sie schien einen schweren Kampf mit sich selbst auszufechten.

„Wissen die Bullen, dass du an dem Fall arbeitest?"

„Wir arbeiten sogar zusammen", rutschte es Karlo heraus. Sofort tat es ihm leid.

„Du arbeitest mit den Bullen?"

Zuerst dachte Karlo, er hätte es versaut. Dann staunte er Bauklötze.

„Bring mich hin. Zu den ermittelnden Beamten. Wenn es stimmt, was du sagst."

Hulkie wollte widersprechen, doch Michelle gab ihm zu verstehen, dass es in Ordnung sei.
Bevor die drei das Haus verließen, schaute sich Karlo noch einmal im Erdgeschoss um. Ein flüchtiger Gedanke hatte ihn gestreift, schon beim Hereinkommen. Irgendetwas gab es hier, das sie vielleicht weiterbringen könnte.

Doch so sehr er auch sein Gehirn zermarterte, es wollte einfach nicht funken.

Montag, 6. Oktober
Frankfurt am Main

23

„Ich habe das nicht ernst genommen.“ Michelle Trautmann wirkte verzweifelt. „Außerdem war das viel zu verlockend. Dreihundert Euro, nur für einen Kontakt. Und es konnte ja überhaupt nichts passieren. Habe ich jedenfalls geglaubt.“

Reichard schüttelte den Kopf. Er kam aus dem Staunen nicht mehr heraus. „Also, noch mal: Florian Brunner hat Sie gefragt, ob Sie jemanden kennen, der gegen Geld Leute umbringt? Einen Auftragskiller?“

„So direkt hat er das nicht gesagt. Eher angedeutet. Ich erinnere mich nicht, wie er sich genau ausgedrückt hat.“

„Aber verstanden haben Sie ihn schon?“

„Was heißt verstanden? Ich habe eben nicht geglaubt, dass Steffen so was macht. Außerdem habe ich so auf die Schnelle noch einmal dreihundert Euro verdient.“

„Aber sicher konnten Sie nicht sein, oder? Und dann?“

„Ich habe Steffen die Nummer von Brunner gegeben.“

„Und er hat ihn dann angerufen?“

„Ja.“

„Und Sie haben nicht nachgefragt?“

„Doch, klar.“

„Und?“

„Steffen hat gesagt, das sei ein Spinner. Und ich solle ihn mit solchen Idioten nicht wieder behelligen.“

Hauptkommissar Schönhals mischte sich ins Gespräch. „Und das haben Sie geglaubt?"

„Warum denn nicht?"

„Vielleicht weil Sie das unbedingt glauben wollten?"

„Vergessen Sie nicht, dass ich freiwillig hier bin", schmollte die rothaarige Frau.

Schönhals hatte sich das Beste für den Schluss aufgehoben.

„Wo waren Sie am Montag, letzten Monat? Am neunundzwanzigsten?"

„Um wie viel Uhr?"

„So zwischen dreizehn und zwanzig Uhr."

„Da war ich im ... auf der Arbeit. Wieso wollen Sie das wissen?"

„War Steffen Marquard irgendwann während dieser Zeit bei Ihnen?"

„Glaube nicht, dass er mir bei der Arbeit zuschauen will."

Reichard und Schönhals schauten sich vielsagend an. Da ging es hin, Marquards erstes Alibi.

Die Kommissare hatten Michelle unter der Auflage gehen lassen, sich die nächsten Tage zur Verfügung zu halten. Kurz darauf hatte Reichard seinen alten Kollegen Georg Gehring am Telefon.

„Hallo, Harald", grüßte der Privatdetektiv freundschaftlich. „Wie schaut's aus mit unserem Fall?"

„Gut", grinste Reichard. „Was Steffen Marquard betrifft: Soeben ist eines seiner beiden Alibis geplatzt."

„Wie denn das?"

Reichard gab Gehring einen Überblick der neuesten Erkenntnisse. Gehring zeigte sich beeindruckt. „Ach, ich wollte noch was fragen. Wer ist eigentlich erbberechtigt im Fall Steuben? Habt ihr da schon was?"

„Wir haben ein Testament gefunden. Im Tresor. Und jetzt raten Sie mal, Chef ..."

„Reichard!"

„Ist ja schon gut. Also – da gibt es eine Stiftung. Hat was mit der Förderung junger Künstler zu tun. Ist eine sehr komplizierte Sache. Es geht da um jede Menge Bargeld, um Häuser und auch um einige Kunstwerke. Steuben war ein richtig reicher Mann."

„Das ist alles?" Gehring kannte seinen ehemaligen Kollegen zu gut, um das zu glauben.

„Tja, das war nur der eine Teil."

„Harald, bitte ..." Gehring unterbrach sich kurz. „Einen Moment, Harald. Ich bekomme gerade Besuch." Gehring nahm das Telefon vom Ohr. „Hallo, Herr Kölner. Sie schauen so aufgekratzt. Gibt es was Neues?"

Karlo nickte grinsend, setzte sich und forderte Gehring mit einer Geste auf, sein Gespräch fortzusetzen.

„Ich melde mich wieder, Harald. Ich glaube, Herr Kölner bringt Neuigkeiten."

„Da bin ich aber gespannt." Reichard klang nicht begeistert. Ein leicht beleidigter Unterton schwang in seinen Worten mit, als er weitersprach. „Willst du denn nicht wissen, wer den anderen Teil erbt?"

„Ach so, entschuldige. Natürlich. Mach es halt nicht immer so spannend. Wer denn?"

„Michelle Trautmann. Das war wahrscheinlich mehr als eine Geschäftsverbindung, meinst du nicht auch?"

„Darüber muss ich erst einmal nachdenken. Bis später." Gehring legte staunend auf.

Zehn Minuten später war Gehring von den Socken. Wenn das hinhaute, hatten sie Marquard. Er schaute Karlo bewundernd an. „Auf diese Idee muss man erst einmal kommen." Dann atmete er tief durch. „Jede Menge Glück brauchen wir natürlich auch, das ist Ihnen klar?"

„Weiß ich ja. Aber der Versuch ist es wert."

„Da gebe ich Ihnen recht. Lassen wir also eine DNA-Probe von Marquard nehmen."

Auch Schönhals und Reichard waren schnell überzeugt. Sollte sich Karlos Verdacht – oder sollte man besser sagen: Hoffnung – nicht bestätigen, war zumindest nichts verloren. Noch am gleichen Abend öffnete Michelle Trautmann etwas verstört Kommissar Reichard die Tür zu Steubens Haus. In seinem Schlepptau befanden sich zwei Leute von der Kriminaltechnik.

Hauptkommissar Schönhals hingegen hatte es vorgezogen, im Büro zu bleiben. Wegen seiner Katzenallergie.

Mittwoch, 8. Oktober
Frankfurt am Main

24

Marquard war nervös. Irgendetwas lag in der Luft. Er konnte die Selbstsicherheit der beiden Polizisten spüren.

„Ich sage gar nichts, bevor mein Anwalt da ist", wehrte er ab und kratzte sich nervös am Knöchel der linken Hand.

„Kein Problem. Sie können auch einfach nur zuhören", schlug Hauptkommissar Schönhals gutgelaunt vor. Marquard kratzte sich wieder an der Hand. Der Hauptkommissar guckte ihn bedauernd an. „Ziemlich unangenehm, diese Stiche, oder? Normalerweise geht das noch. Es juckt eine Woche, dann ist es vorbei. Aber stellen Sie sich vor: Ich habe eine Allergie gegen das Sekret, mit dem diese Viecher unser Blut verdünnen, um es besser saugen zu können. Das gibt dann schlimme Quaddeln. Manchmal bekomme ich sogar Asthmaanfälle davon. Da haben Sie es leichter, oder?"

Marquard rutschte auf seinem Stuhl herum. Was wollte dieser Polizist von ihm? Sich über seine Allergie auslassen? Sollte er doch daran verrecken.

„Mein Kollege übertreibt vielleicht ein bisschen", mischte sich nun Reichard mit ins Gespräch. „Aber er hat tatsächlich Probleme mit diesen Stechmücken. Kommt vielleicht auch auf die Mückenart an. Ich weiß es nicht genau. Die einen sagen so, die anderen sagen so. Egal."

Marquard fühlte sich unbehaglich. „Was soll das? Ich

bin nicht Ihr Arzt. Mit Ihrer Allergie müssen Sie alleine fertig werden. Wo bleibt überhaupt mein Anwalt?"

„Kommt bestimmt gleich", beruhigte Schönhals den Verdächtigen. „Was ich aber eigentlich damit sagen wollte: Ich passe immer sehr auf, dass mich diese Viecher nicht erwischen. Und als wir am Tatort ankamen, Sie erinnern sich, im Überlinger Weg, in diesem Haus, das Sie nicht kennen, fiel mir auf, dass einige dieser Stechmücken im Wohnzimmer waren. Wahrscheinlich von dem kleinen Teich im Garten, wo sie ihre Eier ablegen konnten."

Marquard ahnte nicht, was Schönhals vorhatte. Er verlor die Nerven. „Zur Hölle! Lassen Sie mich in Ruhe mit Ihren Blutsaugern. Das interessiert mich einen feuchten Dreck."

„Ach, Herr Marquard. Hören Sie einfach zu. Da geht die Zeit auch schneller rum, bis Ihr Anwalt da ist. Es wird noch sehr unterhaltsam, das verspreche ich Ihnen."

Panik stieg in Marquard auf. Er biss die Zähne zusammen. Schönhals fuhr fort.

„Wenn man sich nun gegen die Tiere wehrt, hat das auch Nachteile. Wenn sie so richtig vollgesogen sind, dick und fett von unserem Blut, muss man aufpassen. Ich habe das nicht gemacht. Ich habe einfach in Panik zugeschlagen und das Mistvieh an die Wand gepatscht. Die schöne weiße Wand. Es hat einen hässlichen Fleck gegeben. Aber sie hat mich nicht angezapft."

Schönhals lehnte sich zufrieden zurück und Reichard spann seine Ausführungen weiter. „Tja, so war das. Aber", er schaute Marquard fragend an, „wenn das kein Polizistenblut an der Wand war, musste es ja von jemand anderem stammen. Ich gebe zu, dass ich uns wenig Chancen eingeräumt habe. Aber wir haben Glück gehabt."

Steffen Marquard bekam langsam eine Ahnung, was nun kommen würde. Er japste nach Luft, als Reichard zum Ende kam. „In dem Blut an der Wand fand sich eine polizeifremde DNA. Und zwar Ihre!"

Schönhals badete in seiner Zufriedenheit. „Sie haben gelogen", betonte er seine Worte genüsslich. „Sie waren in Steubens Haus."

Einen Moment herrschte völlige Stille.

„Ach so, ganz vergessen", schob Reichard dann mit Unschuldsmiene nach. „Woher kannten Sie eigentlich Frau Brunner?"

„Brunner?"

„Ja, Brunner." Reichard beschloss, ins Blaue zu schießen. „Die Frau des Mannes, der Sie beauftragen wollte. Sie sollten seine Frau umbringen, weil sie sich scheiden lassen will."

„Was reden Sie da? Sie sind ja verrückt."

„*Und* wir werden das Bild finden", legte Schönhals nach. „Das Gemälde. Der Grund, warum Sie Steuben erschossen haben. Was ist eigentlich so wertvoll daran?"

Marquard brach zusammen.

„Verdammt noch mal! Er war schon tot, als ich reinkam. Dieses verdammte Bild. Ich hatte jemanden beauftragt, für Steuben das Bild zu besorgen. Er hat es in einem alten Katalog gefunden. Es hat ihm gefallen und er hat versucht, es aufzutreiben. Das war aber nicht so einfach und ich habe einen Fachmann darauf angesetzt, Steuben hat mir freie Hand gelassen, ich sollte das Bild unbedingt kaufen. Ich hatte einen Spielraum bis zwanzigtausend Euro. Für neunzehntausend haben wir den Zuschlag bekommen."

„Aber für ein neunzehntausend Euro teures Bild bringt man doch niemanden um."

„Nein. Natürlich nicht. Als ich ins Haus kam, lehnte das Bild an der Wand. Die Rückseite war freigelegt. Und da habe ich es gesehen."

„Was haben Sie gesehen?"

„Da war ein zweites Bild. Auf der Rückseite. Also, eine zweite Leinwand. Davon hatte ich keine Ahnung. Ich war erstaunt und habe mir das zweite Bild genauer angesehen."

„Und?"

„Das hört sich abenteuerlich an. Aber das Bild sah aus wie ein früher Max Beckmann."

„Oh."

„Genau. Oh. Das habe ich auch gedacht. Dann habe ich die Signatur gesehen. *M. Beckmann.* Sie wissen, was das bedeutet."

„Eine siebenstellige Summe?"

„Eine siebenstellige Summe."

„Deshalb haben Sie Henry Steuben umgebracht."

„Nein. Habe ich nicht. Ich habe auf einmal das Blut gesehen. Eine Blutspur, die in den ersten Stock führte. Da lag er. Er war schon tot. Ich schwöre." Er kam ins Stocken.

„Weiter", forderte Reichard.

„Na, was schon. Ich habe gar nicht weiter nachgedacht und mir das Bild geschnappt. Hören Sie mal. Das war eine Sensation."

„Sie hätten das Bild nur unter der Hand verkaufen können."

„Na und? Glauben Sie, man findet niemanden dafür?"

„Wahrscheinlich doch."

„Und was war dann mit Rezzo Sendlinger?"

„Ganz einfach. Ich kenne Rezzo schon länger. In grauer Vorzeit hat er auch mal Kunst studiert. Er hat aber mehr Ahnung durch seine Geschäfte. Hat mal eine Galerie betrieben in Frankfurt. Sicher, er ist ein schräger Typ, aber eigentlich in Ordnung. Ich war mir eben nicht ganz sicher. Erstens habe ich mir erhofft, dass Rezzo mir zu hundert Prozent sagen könnte, ob es sich um einen echten Beckmann handelt. Und zweitens, wenn es so gewesen wäre, dass er mir hilft einen Käufer zu finden. Verbindungen hat Rezzo."

Marquard machte eine Pause. „Kann ich ein Glas Wasser haben?"

Reichard holte ein Glas und schenkte aus einer Mineralwasserflasche ein. Marquard trank, dann sprach er weiter.

„Ich habe ihm das Bild gebracht. Er hatte gerade Kundschaft, ich habe ihn beiseitegenommen und ihm erklärt, um was es geht. Dann bin ich gegangen. Rezzo wollte sich das Gemälde ansehen. Ich habe ihm gesagt, ich käme am folgenden Tag wieder."

„Sie haben Sendlinger vertraut?"

„Ja. Das konnte ich. Mich hätte er nicht reingelegt. Aber dann kam es ganz dumm. Ich konnte doch nicht wissen, dass Rezzo ebenfalls unsicher war. Das allein wäre nicht schlimm gewesen. Aber er hat sich dann ebenfalls Hilfe geholt. Dummerweise ausgerechnet Maiforst, diesen Kunsthändler, der das Bild für Steuben besorgt hatte. Maiforst hat sich auf meine Anweisung das Bild angesehen, und mir bestätigt, dass es ein echter Beckmann ist. Zum Glück hat er sich nicht umgedreht, denn er wusste ja, dass Steuben erschossen wurde. Was sollte er also denken, wer das war. Ich habe ihn dann von hinten niedergeschlagen. Ich bin doch kein Mörder."

„Er hat Sie trotzdem erkannt", verriet Reichard. „Und zwar in einem Spiegel, der auf den Waren in der Halle stand. Pech. Aber auf Rezzo Sendlinger haben Sie dann geschossen."

„Das war ein Unfall. Rezzo hat geglaubt, dass ich Maiforst erschießen wollte und ist mir in den Arm gefallen. Da hat sich dann der Schuss gelöst und Rezzo erwischt. Das tut mir sehr leid. Macht ihn auch nicht wieder lebendig."

„Er ..." Reichard wollte ihm sagen, dass Rezzo zwar im Koma lag, aber noch lebte. Schönhals unterbrach ihn mit einer schroffen Geste.

Zur gleichen Zeit klopfte es an der Tür.

„Herein."

Leo Schober betrat das Büro. Marquard musterte ihn niedergeschlagen. Wenn es so weiterging, würde er wenigstens einen Teil der Wahrheit erzählen müssen.

Donnerstag, 9. Oktober
Offenbach am Main

22

Malena Brunner hatte ihren Laden geöffnet, obwohl ihr überhaupt nicht danach war. Es war kein simples Unwohlsein, nein. Sie war völlig durch den Wind. Zuerst der Streit mit ihrem Mann, dann die Ereignisse in der Rhön, von denen ihr die Kommissare erzählt hatten. Überdies war Steffen verhaftet worden. Das traf sie momentan am meisten. Sie hatte wirklich geglaubt, endlich wieder einen Anker in ihrem Leben gefunden zu haben, und nun stand wieder alles in Frage. Sie war am Überlegen, ob sie für heute Schluss machen sollte. Seit einer Stunde hoffte sie, es würde kein Kunde den Laden betreten, was bis auf zwei kleine Einkäufe auch der Fall gewesen war.

Als die Kommissare Reichard und Schönhals das Geschäft betraten, nahm sie das zum Anlass, abzuschließen.

„Ich hoffe, Sie bringen keine schlimmen Nachrichten, meine Herren. Kommen Sie, wir setzen uns ins Büro. Ich habe gerade Kaffee gekocht. Möchten Sie eine Tasse?"

Schönhals und Reichard folgten Malena ins Büro und setzten sich an einen kleinen runden Tisch, der in der Ecke stand. Malena Brunner nahm hinter ihrem Schreibtisch Platz, nachdem sie den Polizisten den Kaffee serviert hatte. Stumm betrachtete sie die betretenen Gesichter der beiden Männer. Ihre Hoffnung auf gute Nachrichten schwand.

„Wir sind noch einmal wegen des Alibis hier, das Sie Herrn Marquard gegeben haben“, begann Schönhals. „Sehen Sie, für uns ist das alles auch sehr unangenehm, aber, bitte, überlegen Sie noch einmal ganz genau. Die Zeit von sechzehn bis neunzehn Uhr am Mordtag. Sind Sie wirklich sicher, dass Herr Marquard bei Ihnen war?“

„Das habe ich doch schon gesagt.“

„Wissen wir ja. Es ist nur, nun ja, wir hegen da gewisse Zweifel. Vielleicht haben Sie sich getäuscht, Frau Brunner, immerhin ist ein Mensch ums Leben gekommen. Und Herr Marquard kannte diesen Menschen. Obwohl er das Gegenteil behauptet hat. Er hat auch bestritten, das Haus des Toten zu kennen. Wir konnten ihm aber das Gegenteil beweisen. Bitte, helfen Sie uns, wenn Sie das können. Sie wollen doch keinen Mörder decken?“

Malena ließ die Schultern hängen. Es nahm einfach kein Ende. Sie überlegte. Steffen war doch bei ihr gewesen. Als sie wach wurde, hatte sie sich so sehr gefreut, dass er nach dem Sex nicht einfach verschwunden war.

Als sie wach wurde. Sie spürte, wie Zweifel an ihr nagte. Wie lange hatte sie geschlafen? Zwei Stunden? Mehr? Sie konnte es nicht genau sagen. Es war ein richtiger Tiefschlaf gewesen. Aber sie hätte doch jederzeit aufwachen können. War ihr vielleicht der Wein zu dieser Tageszeit nicht bekommen? Oder – sie bekam eine Gänsehaut – war etwas *im* Wein gewesen? Sie atmete tief durch. Wenn er ihr etwas in den Wein getan hätte, wäre das jetzt nicht mehr nachzuweisen. Oder?

„Ich habe ziemlich lange geschlafen“, gab sie dann zu. „Tief geschlafen. Aber als ich wach wurde, war er da. Das ist sicher.“

Schönhals und Reichard wechselten vielsagende Blicke.

„Da gibt es noch etwas, das Sie wissen sollten, Frau Brunner." Schönhals räusperte sich.

„Was soll denn jetzt noch kommen?"

„Es wird Ihnen nicht gefallen. Aber Sie sollten das besser wissen. Wir müssen es Ihnen sagen." Schönhals schaute Malena Brunner ernst ins Gesicht. Sie zuckte die Schultern. „Na, dann. Wenn Sie müssen, tun Sie es."

„Laut einer Zeugenaussage hat Ihr Mann Florian nach seinem Streit mit Ihnen versucht, jemanden anzuheuern, der Sie, Frau Brunner, umbringen sollte."

Malena Brunner lachte laut auf. „Was?"

Es war eigentlich kein Lachen. Man spürte förmlich ihre ungläubige Verzweiflung, die mit jeder einzelnen Sekunde größer wurde.

„Und dieser Jemand ist Steffen Marquard", ergänzte Kommissar Reichard schließlich.

Die Weinhändlerin machte nicht den Eindruck, dass sie die Bedeutung des letzten Satzes noch mitbekommen hätte.

Oder hätte mitbekommen wollen.

–

Malena Brunners Verzweiflung war einer tiefen Ernüchterung gewichen. Und einer grenzenlosen Wut. Als die Kommissare sich verabschiedet hatten, war sie zu Gehring gefahren. Funken sprühend saß sie nun in seinem Büro.

„Es ist mir egal, was es kostet. Kriegen Sie raus, was hier wirklich los ist. Sie können das. Sie sind gut, das habe ich schon gemerkt. Ich will alles wissen. Alles, hören Sie?"

„Ihr Vertrauen ehrt mich, Frau Brunner. Leider fehlen

uns für die endgültige Aufklärung noch einige Beweise. Das ist jetzt eigentlich Sache der Polizei. Wir sollten uns da besser raushalten, verstehen Sie?"

„Ach, hören Sie doch auf. Sie können mir nicht erzählen, dass Sie nicht wissen wollen, was los ist. Helfen Sie mir jetzt oder nicht?" Sie knallte einen Umschlag auf den Tisch.

„Was ist das?"

„Schauen Sie rein."

Gehring nahm den Umschlag und entnahm ihm einige Geldscheine. Zweitausendfünfhundert Euro.

„Das ist der Vorschuss. Noch einmal das Gleiche, wenn der Fall klar ist."

Gehring stand auf, ging zum Fenster und schaute raus. Dann ging er zu seinem Schreibtisch zurück, nahm die Geldscheine, stopfte sie zurück in den Umschlag und warf den Umschlag in eine Schublade.

„Gut, Frau Brunner. Ich werde mein Möglichstes tun. Aber ich kann Ihnen nichts versprechen."

–

Karlos Augen leuchteten.

„Tausend Euro? Nur für mich? Und es gibt noch mehr, wenn wir ... alle Achtung, Herr Gehring." Karlo ließ das Geld schnell in der Hosentasche verschwinden. Die folgende Besprechung mit Gehring hatte dann keine neuen Erkenntnisse gebracht. Man beschloss deshalb, sich später noch einmal zu treffen.

„Gut, Herr Gehring. Ich melde mich am späten Nachmittag wieder." Mit diesen Worten verließ Karlo Gehrings Haus, setzte sich auf die MZ und fuhr zurück in den

Fechenheimer Ortskern. Er war unruhig. Es wurmte ihn, dass er nicht weiterkam. Er stellte das Motorrad auf dem Parkplatz schräg gegenüber Gunter Brauses Buchhandlung *Bücher vor Ort* am Anfang der Martin-Böff-Gasse ab. Eigentlich wollte er einen kleinen Spaziergang am Main machen, um den Kopf frei zu bekommen. Da bemerkte er den Buchhändler, der vor der Eingangstür stand und ihn freundlich grüßte.

„Hallo, Gunter“, grüßte Karlo zurück, „ich hab mir gedacht, ich besuche dich mal und lasse mir einen schönen starken Kaffee von dir kochen.“

Brause tippte sich mit dem Zeigefinger an die Stirn und verzog das Gesicht. Es war eine Art *Running Gag* zwischen den beiden, dass Karlo nach Kaffee fragte, wenn er die Buchhandlung betrat. Brause weigerte sich bislang standhaft, seinen Laden mit einer Kaffeemaschine zu bestücken. Möglicherweise geschah das aus einer nicht gänzlich unbegründeten Angst heraus. Und zwar der Angst, dass sämtliche Fechenheimer, die nichts Besseres vorhatten, auf einen Kaffee vorbeikommen könnten, um ihm ein Ohr abzuschwätzen und dabei die Kunden zu vertreiben. Es waren gewiss nicht wenige, die zu dieser Kategorie zählten.

Karlo hatte leise kichernd die Straße überquert und bemerkte mit einem Mal die kleine Kamera in der Hand des Buchhändlers.

„Neue Kamera?“, grinste Karlo. „Hättest besser eine Kaffeemaschine gekauft.“

„Mit einer Kaffeemaschine kann man nicht fotografieren.“ Brause hielt Karlo den kleinen Fotoapparat unter die Nase. „Mit besserer Videofunktion und höherer Auflösung“, erklärte er. „Schon irre, was die Dinger heute leisten.“

In diesem Moment machte es Klick. Karlo war plötzlich hellwach. Das Erste, das ihm einfiel, war die Kamera. Hulkies Kamera. Die zweite Idee schien ihm genauso wichtig zu sein. Was hatte Hulkie am Montag gesagt? Er kenne Steubens Bude im Überlinger Weg nicht? Das konnte nicht sein! Hulkies Worte beim Einsteigen in den Seitenwagen fielen ihm plötzlich ein. Dabei war es um Steubens Bude gegangen: *„Die ist doch hier fast um die Ecke."*

Hulkie kannte das Haus also doch. Vielleicht gab es hier einen Zusammenhang. Er überlegte nicht lange und wählte Gehrings Nummer.

„Hallo, Herr Gehring", rief er aufgekratzt in den Hörer. „Sagen Sie, haben Sie Lust, mit mir in den Puff zu gehen?"

–

Gehring und Karlo stellten das Auto im Parkhaus ab. Auf dem Weg zur Alten Gasse gingen sie noch einmal alles durch.

„Es kommt darauf an, dass Sie so schnell wie möglich wieder draußen sind", schärfte Karlo seinem Auftraggeber ein. „Ich weiß nicht, wie lange ich Hulkie aus seinem Zimmer fernhalten kann. Und wenn der Sie da drin erwischt, haut er Sie zu Brei."

Gehring räusperte sich nervös. „Klar." Ihm war gar nicht wohl, wenn er daran dachte, was er nun vorhatte.

„Und beim Reingehen warten Sie, bis er ganz um den ersten Treppenabsatz rum ist. Der Türschließer braucht ziemlich lange. Das ist unser Vorteil."

Karlo kam es fast vor, als wohne er hier, als er wieder die Klingel bei *Studio L* drückte. Als es summte, schob er die Tür auf. Schnell platzierte er eine Packung Papiertaschentücher im Türfalz, um das Schloss zu blockieren, dann sprang er die Treppe hoch. Gehring blieb vor der Tür.

Im ersten Stock erinnerte sich die Schwarzhaarige sofort an Karlo. „Sieh mal einer an. Du schon wieder. Willst du bei uns einziehen?"

„Hallo, ich freu mich auch", grüßte Karlo sarkastisch. „Rufst du mir bitte Hulkie hoch? Es ist wichtig."

Sie verdrehte die Augen und stöhnte affektiert, tat aber, was Karlo verlangt hatte.

Einige Minuten später stand Hulkie in der Tür.

„He, Schnüffler! Was willst du? Ist was passiert?"

–

Gehring wartete, bis Hulkie um den ersten Treppenabsatz verschwunden war. Dann drückte er die grüne Tür auf und betrat das Treppenhaus. Mit einem kleinen Sprung erreichte er die Tür von Hulkies Aufenthaltsraum gerade noch, bevor sie ins Schloss fiel.

Mit einigen knappen Blicken orientierte er sich. Karlos Beschreibung war ziemlich authentisch gewesen. Es dauerte trotzdem länger als erhofft, bis er die Kamera in den Händen hielt, da sie nicht auf dem Tisch lag. Gehring entdeckte sie schließlich an der Garderobe hängend.

Als er sich anschickte, schleunigst das Weite zu suchen, hörte er, wie der Schlüssel ins Türschloss gesteckt wurde.

Die Tür wurde aufgerissen. Gehring erstarrte zur Salzsäule, als ihn Hulkies Blick traf. Die Kamera in seiner Hand wurde heißer und heißer. Hinter Hulkie stand Karlo und zuckte verlegen mit den Schultern.

Der Privatdetektiv schluckte schwer, als Hulkie sich zu Karlo drehte.

„Erklär mir das!“, grollte er.

„Hulkie, es ist nicht das, wonach es aussieht. Wir wollen dich nicht reinreiten. Es ist nur ...“

„Was?“ Hulkies Augen waren gefährlich klein geworden und blitzten wie eine Stroboskoplampe. Er betrat den kleinen Raum. Karlo folgte ihm. Er überlegte fieberhaft, wie er die Situation entschärfen könnte.

„Hast du was zu trinken da?“, fiel ihm als Einziges ein.

Hulkie kratzte sich an der Glatze. „Wie bitte?“, fragte er ungläubig.

„Ich könnte jetzt einen Schnaps gebrauchen“, erklärt Karlo. „Herr Gehring sicher auch.“

Gehring nickte pflichtschuldigst.

Der Muskelprotz konnte es nicht glauben. Wenn das nicht frech war. Aber möglicherweise auch ehrlich? Er ging zu einem Hängeschrank.

„Hinsetzen“, befahl er schroff, zog drei Gläser hervor und stellte sie auf den Tisch. Dann ging er zum Kühlschrank, entnahm ihm eine Flasche Wodka und schenkte ein. Er stellte die Flasche auf dem Tisch ab, hob sein Glas, kippte den Inhalt und schaute erwartungsvoll in die Runde. Karlo hob sein Glas ebenfalls.

Verlegenes Schlucken begleitete die nächsten Sekunden. Karlo und auch Gehring stellten die leeren Gläser wieder auf den Tisch.

Hulkie schenkte nach.

„Du enttäuschst mich“, grummelte es. „Ich dachte, wir sind Freunde.“

Oh.

Damit hatte Karlo nicht gerechnet. Freunde? Hulkies Wahrnehmung war wohl noch schlichter, als er sie eingeschätzt hatte.

Gehring kippte den zweiten Schnaps.

Hulkie schenkte nach.

„Natürlich sind wir Freunde", bestätigte Karlo schnell. „Und deshalb hätten wir dich auch rausgehalten. Aber unsere Auftraggeberin ..."

Hulkie leerte stumm das nächste Glas, Karlo folgte seinem Beispiel.

Hulkie schenkte nach.

„Zuerst hab ich gedacht, na ja, mit Michelle und mir und so ... aber mir ist es jetzt schon klar. Ich bin für sie nur der Aufpasser. Mehr nicht. Mit allen hat sie es gemacht. Okay, das ist das Geschäft. Damit kann ich leben. Aber dann Marquard. Und Steuben auch noch. Ach, was erzähle ich hier. Prost!"

Die Gläser wurden geleert.

Hulkie schenkte nach.

„Zuerst habe ich echt gehofft, dass ich ihr helfen kann. Aber ich hab nicht gut genug nachgedacht. Hat alles nur Schwierigkeiten und Ärger gebracht. Ich hab ja eigentlich nichts Schlimmes gemacht. Aber Mord, hab ich mir dann überlegt – nein, mit Mord will ich nichts zu tun haben."

Hulkie schien verzweifelt zu sein, er wand sich hin und her. „Schaut's euch erst mal an." Er deutete auf die Kamera. „Dann erzähle ich euch den Rest. Ist schlimm genug."

„Anschauen? Die Bilder?" Gehrings Stimme klang rau.

„Nein", erklärte der Muskelmann ungeduldig. „Da sind auch Videoclips drauf. Der letzte ist es."

Der Clip wurde gestartet. Alle schauten gebannt auf das Display.

Man sieht Michelle. Sie steht vor Steubens Haustür in der Überlinger Straße. Sie klingelt. Es dauert länger. Sie klingelt erneut. Dann wird die Tür geöffnet. Sie betritt das Haus. Das Bild bricht ab.

„Es geht gleich weiter. Ich habe bloß gewartet, bis Michelle im Haus war. Sie sollte mich ja nicht sehen", erklärte Hulkie. „Dann wollte ich nach hinten in den Garten gehen. Plötzlich kam Marquard angefahren. Damit hatte ich überhaupt nicht gerechnet. Ich hatte Riesenglück, dass er mich nicht entdeckt hat. Er hat dann auch geklingelt. Keine Ahnung, ob die alle verabredet waren oder ob das ein Zufall war. Aber das ist jetzt auch egal. Ihr werdet schon sehen."

Es dauerte einige Sekunden, dann lief der Film wieder.

Steuben, Michelle und Marquard stehen im Wohnzimmer. Steuben zeigt Marquard die Rückseite eines Bildes, das an der Wand lehnt. Davor liegen einige Kartonfetzen. Der Bordellbetreiber ist offensichtlich sehr aufgeregt. Marquard scheint sehr überrascht. Oder besser, begeistert? Er sagt etwas.

Steuben nimmt sein Mobiltelefon und wählt. Dann spricht er kurz. Er scheint nervös, aufgeregt. Er legt wieder auf.

Er verlässt das Zimmer. Marquard und Michelle scheinen sich zu streiten, sie tritt auf ihn zu. Er schüttelt mehrfach den Kopf. Sie gestikuliert heftig. Schließlich greift sie ihm in die Jacke. Marquard scheint überrumpelt zu sein.

Steuben kommt zurück ins Zimmer. Michelle hält plötzlich eine Waffe in der Hand und richtet sie auf Steuben. Marquard redet auf Michelle ein. Steuben schreit etwas.

Steuben geht langsam auf Michelle zu. Er grinst mit einem Mal, scheint sich lustig über sie zu machen. Sie tritt einen kleinen Schritt zurück. Er folgt ihr. Sie senkt die Waffe ein wenig ab.

Eine schnelle Bewegung Steubens nach vorne. Ein Schuss löst sich. Steuben knickt ein und hält sich das Bein. Er schaut ungläubig zu Michelle und dreht sich, will zur Treppe laufen. Michelle feuert erneut. Steuben fällt mit allen vieren voran auf die Treppe und versucht, sie zu erklimmen. Verschwindet aus dem Bild. Ein dritter Schuss löst sich.

Marquard schreit Michelle an. Sie antwortet, etwas ruhiger, geht zur Treppe, verschwindet kurz aus dem Bild. Erscheint wieder, geht Richtung Flur aus dem Wohnzimmer. Kurz darauf ist sie wieder zurück und hält ein Schlüsselmäppchen in der Hand.

Marquard nimmt das Bild. Beide gehen zum Hinterausgang. Drei Sekunden das leere Zimmer. Ende.

Man hätte eine Stecknadel fallen hören. Karlo brach die Stille zuerst. „Verdammte Scheiße. Hulkie, das wusste ich nicht."

„Jetzt weißt du es." Hulkie kippte den Wodka. Die beiden anderen zogen nach.

Hulkie schenkte nach.

„Und dann?"

„Ja, was dann!" Hulkie sah den Wodka an, ließ das Glas aber stehen. „Wir drei sind die einzigen, die das Video kennen."

Das war auch Georg Gehring klar, und er fühlte sich überhaupt nicht wohl mit dieser Vorstellung. Was hatte Hulkie mit ihnen vor? Würde er sie wegen Michelle ... Gehring traute sich nicht, den Gedanken zu Ende zu denken. Er schaute zu Karlo, doch der blickte nur ausdruckslos gegen die Wand.

Doch Hulkie war noch nicht fertig.

„Dann kam Marquard“, beschrieb er. „Er sagte, er wüsste doch, wie sehr ich Michelle mag. Und dass sie Scheiße gebaut hätte.“ Hulkie lachte bitter auf. „Als ob ich das nicht gewusst hätte. Ich könne ihr helfen, sagte er. Ich solle keine Fragen stellen und einfach tun, was er mir sagt.

Irgendwann kam er dann raus damit. Wir haben uns getroffen. Er kam mit einem Mercedes, den ich nicht kannte. Wahrscheinlich geklaut, ich weiß es nicht. Im Kofferraum lag der Fußballspieler. In einer großen Mülltüte. Sonst pudelnackt. Zuerst habe ich gedacht, er wäre hinüber. Nein, meinte Marquard. Er hätte ihm einige Tropfen verpasst, damit er die nächsten Stunden pennt. Die Klamotten hätte er wegschmeißen müssen. Wegen eventueller Spuren. Er sagte, er hätte sich die Hand aufgeschrammt, als er den Bewusstlosen in den Kofferraum hieven wollte. Dabei war Blut auf Brunners Kleidung gekommen. Marquard wollte sicher gehen, dass wirklich keine Spuren von ihm übrigbleiben. Da hat er sich Handschuhe angezogen und Brunner die Klamotten abgenommen. Außerdem hat er sich kaputtgelacht bei der Vorstellung, wie die Bullen einen toten Nackten mit Revolver finden würden. Er sagte, da hätten sie noch ein bisschen mehr zu knobeln. Ich habe überlegt, was er damit meint und fand die Idee eher komisch, was denkt ihr?“

Hulkie schüttelte verständnislos mit dem Kopf, bevor er weiterredete. „Dann hat er mir die Tüte gegeben. Mit dem Revolver. Da war es schon klarer. Marquard hat gesagt, ich solle es aussehen lassen wie einen Unfall. Und die Knarre bei ihm lassen, versteht ihr? Er hat das nicht gesagt, aber ich glaube, jeder sollte denken, dass der Fußballspieler es war, der den Steuben ...“

„Schon kapiert“, winkte Karlo ab. „Weiter.“

„Zehn Riesen sollte ich dafür bekommen. Ich habe gesagt, ich nehme kein Geld. Wenn, dann mache ich es für Michelle, habe ich gesagt. Marquard hat gelacht und gemeint, ich könne es mir ja noch anders überlegen.“

Hulkie nahm sein Wodkaglas in die Hand. „Prost.“

Dreikehliges Schlucken.

Hulkie schenkte nach.

„Ich bin dann losgefahren. Marquard hatte mir ein altes Fabrikgelände in der Nähe von Gelnhausen beschrieben. Da sollte ich ihn entsorgen. Es war mir aber einfach alles zu viel. Ich hab noch nie einen kaltgemacht, das müsst ihr mir glauben. Hab hin und her überlegt. Auf einmal war ich auf der Autobahn und bin nur noch gefahren. Irgendwo bei Fulda bin ich dann runter. Ich hab mich da nicht ausgekannt, und dunkel wurde es auch noch. Bin dann in einen Weg reingefahren, da gab es einen großen Parkplatz. Dort hab ich ihn hinter einer großen Hecke abgelegt. Da war er schon am Aufwachen, hat ganz grässlich gestöhnt. Spätestens da hätte ich ihm sowieso nichts mehr tun können.“ Hulkie senkte den Kopf. „Danach bin ich nach Fulda gefahren. Der Mercedes steht in der Nähe vom Hauptbahnhof. Bin mit dem Zug zurück.“ Hulkie schaute in die Runde. „Und das war's.“

Gehring kratzte sich am Kopf. „Ich frage mich, weshalb die beiden überhaupt bei Steuben aufgekreuzt sind.“

Hulkie zuckte mit den Schultern. Karlo wiegte den Kopf hin und her. „Vielleicht ist Marquard von Steuben angerufen worden, nachdem der das zweite Bild entdeckt hatte. Er hat ja auch Norman angerufen.“

„Das wäre möglich“, ließ Gehring vernehmen. „Reichard

hat mal angedeutet, dass Marquard früher mal Kunst studiert hat. Vielleicht wollte er seine Meinung hören."

„Wenn das so ist, hat er einen schweren Fehler gemacht", schnaubte Karlo.

Einen Moment herrschte Schweigen. Gehring fasste sich ein Herz und blickte zu Hulkie. „Noch mal was anderes: Haben Sie eigentlich gewusst, dass Michelle Trautmann von Steuben als Erbin eingesetzt worden ist?"

Hulkie wurde blass. „Was?", flüsterte er. „Nennt man das ein Motiv? Ich bin ein solcher Idiot." Er vergrub das Gesicht in den Händen. Dann schaute er wieder auf, zeigte eine besorgte Miene, schien nachzudenken.

Gehring bekam plötzlich wieder Angst. Hatte er zu viel erzählt? Würde der Muskelprotz durchdrehen?

„Und jetzt?", fragte er beklommen.

Hulkies Verzweiflung wich einer plötzlichen Entschlossenheit. Er sprang auf.

„Jetzt gehe ich zu den Bullen. Geht ihr mit?"

Dreikehliges Schlucken. Eifriges Nicken.

Hulkie schenkte nach.

Nein. Tat er nicht.

Die Flasche war leer.

Das Auto blieb im Parkhaus. Gehring bestellte ein Taxi.

Freitag, 10. Oktober
Frankfurt am Main

23

Hulkies Video hatte bei den Ermittlern eingeschlagen wie eine Bombe. Es war dem Muskelprotz nicht leichtgefallen, zur Polizei zu gehen. Auch weil er sich schon in die Geschehnisse hatte verwickeln lassen. Seine Vernarrtheit in Michelle war allerdings immer mehr der Ernüchterung gewichen. Selbst Hulkie mit dem schlichten Gemüt hatte begriffen, dass Mord eine andere Dimension besaß. Außerdem wollte er nicht, dass ein Unschuldiger lebenslänglich hinter Gitter kam. Und das nur um eine Frau vor dem Gefängnis zu bewahren, die sowieso niemals wirklich etwas für ihn empfunden hätte.

–

Leo Schober ging während seiner Rede in Schönhals' Büro auf und ab.

„Mein Mandant hat Herrn Steuben nicht erschossen, das sollte Ihnen jetzt klar sein. Weiterhin ist er dem angeblichen Mordauftrag an Frau Brunner nicht gefolgt. Das ist ebenfalls klar. Die Tatsache, dass Frau Brunner noch am Leben ist, beweist das eindrucksvoll. Und nur, dass ihn jemand gefragt hat, stellt zumindest für seine Person keinen Straftatbestand dar. Darüber hinaus müssen die Anschuldigungen des Zeugen Kevin Blume erst noch bewiesen werden." Rechtsanwalt Leo Schober schaute fragend in die Runde. „Was also hindert Sie, meine Herren, meinen Mandant gehen zu lassen?"

„Nun", erwiderte Schönhals gedehnt und lehnte sich zurück, „ich vermute, Sie meinen das nicht wirklich ernst. Da wären die Verdeckung einer Straftat, dazu Behinderung der Ermittlungen, der Diebstahl eines wertvollen Gemäldes, die Vortäuschung einer Straftat, die Anstiftung zum Mord ..." Der Hauptkommissar sah fragend zu Kommissar Reichard. Der nahm den Ball auf und fuhr fort. „Dazu kommt die Verdunkelungs- beziehungsweise Fluchtgefahr. Vor allem wegen des versuchten Mordes an Rezzo Sendlinger. So sieht das ganz bestimmt auch der Haftrichter."

Michelle Trautmann war noch am gleichen Tag verhaftet worden. Das Video war eindeutig und nicht zu widerlegen. Sie hatte auch gar nicht versucht, sich herauszureden.

Die verhängnisvolle Vermittlung zwischen Brunner und Steffen Marquard hatte dazu geführt, dass ein zumindest in dieser Sache Unschuldiger unter Verdacht geraten war. Man konnte ihr das zwar vorwerfen, aber strafrechtlich war hier nur schwierig etwas zu machen.

Das klare Motiv der enormen Erbschaft wog schon etwas schwerer.

Am schwersten aber, wenn auch nicht für's Gericht, wog die tiefe Trauer, die Hulkies Gemüt belastete.

Montag, 13. Oktober
Frankfurt am Main

24

Norman Maiforst war froh, dass alles vorbei war. Er hatte zwar sein Geld noch nicht zurück, doch er konnte sich einfach nicht vorstellen, dass es keinen Weg geben sollte, dies in Kürze mit den Behörden zu regeln.

Jetzt aber fühlte er sich in seinem Element. Er war als Sachverständiger hier, nicht als Verdächtiger, und das beruhigte ihn ungemein.

„Ich habe schon vor dem Wochenende angefangen zu recherchieren“, erzählte er. „Und habe dabei einiges herausgebracht, dass Sie überraschen wird. Es ist mir klar, dass ein unbeteiligter Sachverständiger das noch bestätigen muss, aber Sie können sich bis dahin schon mal auf meine Aussage stützen.“

Hauptkommissar Schönhals, Kommissar Harald Reichard, Georg Gehring und Karlo Kölner konnten ihre Neugierde kaum zügeln.

Maiforst genoss die Situation sichtlich. „Nun, meine Herren“, begann er und schaute verschmitzt, „das Unwichtigste zum Anfang.“ Er breitete die Arme aus, dann wies er auf das Bild. „Dieses Bild ist zweifelsfrei ein echter Beckmann.“

Die Reaktion folgte augenblicklich. Ein ehrfürchtiges Raunen ging durch den Raum, und allgemeine Begeisterung erfasste die Runde. Georg Gehring hatte sich als Erster wieder im Griff. „Dann ist das Bild tatsächlich Millionen wert?“, vermutete er.

Maiforst hob die Hände. „Das, meine Herren, kann ich leider nicht bestätigen.“

„Aber Sie sagten doch eben ...“ Schönhals machte kein Hehl aus seiner Enttäuschung. Er wirkte entrüstet. „Warum nicht, wenn es doch ein echter Beckmann ist?“

Maiforst hob die Augenbrauen. „Tja, nun kommen wir zum Wesentlichen.“ Er deutete auf die Signatur. „Was lesen Sie hier? Kommen Sie, Herr Schönhals, lesen Sie es uns vor.“

Der Hauptkommissar trat näher und bückte sich, um die Signatur zu betrachten. *„M. Beckmann*, sehe ich da, warum?“

„Nein, eben nicht“, entgegnete der Kunsthändler. „Das ist kein *„M“*. Das ist ein etwas unglücklich gezeichnetes *„W“*. Begünstigt wird der Irrtum noch durch die dunkle Farbe hier, genau an dieser Stelle und durch Alterungsprozesse wie diese feinen Risse hier. *Craquelet* nennt man das. Also noch einmal: *„W“*, wie Wilhelm Beckmann. Deutschland, 1852 bis 1942. Nicht verwandt oder verschwägert mit Max Beckmann. Und um Sie zu überzeugen: Dieses Bild hier von Wilhelm Beckmann ist dem Handel bekannt und diesem Maler auch zugeschrieben. Es galt nach dem Krieg als verschollen. Und nun ist es wieder aufgetaucht.“

„Und was ist dieses Bild wert?“

„Kann ich nicht genau sagen. Es ist eine qualitätvolle, gute Malerei, kein beliebiges Bild. Aber mehr als fünf- bis zehntausend Euro wird es auf einer Auktion wohl kaum bringen.“

Tiefes Bedauern zeigte sich nun auf Maiforsts Gesicht,

als er fortfuhr. „Und dafür musste mein Kunde sterben“, klagte er. „Sie sehen also wieder einmal, wohin die Gier uns führen kann.“

Karlos Neugier ging aber noch weiter. „Wie kam das zweite Bild eigentlich hinter das Bild von Waldemar Coste?“

„Darüber habe ich mir schon die ganze Zeit den Kopf zerbrochen“, erklärte Maiforst bekümmert. „Ich komme zu keinem endgültigen Ergebnis, ich weiß es nicht. Es wäre die reine Spekulation, sich hier festzulegen. Möglicherweise ist schon einmal jemand auf den Gedanken gekommen, es sei ein echter Beckmann. Liegt ja irgendwie nahe. Vielleicht während des Zweiten Weltkrieges? Beckmanns Werke galten damals als entartete Kunst. Es wäre also durchaus möglich, dass es jemand vor den Nazis hatte verstecken wollen. Oder eventuell einfach nur auf seinen Wert spekulieren wollte? Vielleicht ja auch beides? Aber ich weiß es wirklich nicht. Tut mir leid.“

Reichards Miene hellte sich plötzlich auf. „Eine gute Nachricht habe ich aber noch“, verkündete er und schaute den Kunsthändler an. „Ihr Freund, Herr Sendlinger, ist aus dem Koma aufgewacht. Er ist außer Lebensgefahr.“

Maiforst hob abwehrend die Hände. „Lassen Sie mich bloß mit Rezzo in Ruhe. Die letzten Tage haben mir voll und ganz gereicht.“

Als er die entsetzten Gesichter sah, relativierte er. „Freut mich natürlich, dass er wieder in Ordnung kommt. Aber mein Bedürfnis, mit ihm zu tun zu haben, ist erst einmal gestillt. Das verstehen Sie doch, oder?“

„Klar“, entgegnete Reichard. „Aber uns hilft es. Vor allem dabei, Steffen Marquard festzunageln.“

Mittwoch, 15. Oktober
Frankfurt am Main

Schluss

Karlo wählte die Servicenummer der FES. Vor der Warteschleife graute es ihm schon, als er hörte, dass man Alternativanschlüsse mit der Tastatur zu wählen hatte.

Bei der Telekom hatte er diese Tortur vor einigen Wochen schon einmal hinter sich gebracht. Jeannettes Anschluss war gestört gewesen. Eine Stunde und vierzehn Minuten dauerte es damals, bis er jemanden aus Fleisch und Blut am Telefon hatte.

Das Gespräch war an einem darauf entbrannten massiven Streit gescheitert.

Jeannette tat sich die gleiche Folter noch einmal an, nur unwesentlich kürzer. Immerhin behielt sie die Nerven, und nach einer Wartezeit von einer guten Woche funktionierte ihr Anschluss wieder. „*Wenn Sie wegen einer Störung anrufen, setzten Sie bitte eine magentafarbene Wollmütze auf, singen ein Weihnachtslied, essen dabei ein Zitroneneis, stellen den linken Fuß in ein Aquarium und wählen bitte die EINS. Wenn Sie wegen einer allgemeinen Frage anrufen, ziehen Sie bitte grüne Socken an ...*“ Und so weiter und so weiter. Irgendwann würde es so weit kommen.

Doch halt! Hier war alles anders. Nach fünfundvierzig Sekunden hatte er eine freundliche Frau am anderen Ende der Leitung, die ihn zielsicher mit den Entsorgungsbetrieben in Heddernheim weiterverband. Dort hatte sich die sehr nette Sekretärin, eine Frau Becker, gemeldet.

Karlo war mit der Tür sogleich ins Haus gefallen. „Wen muss ich denn fragen, wenn ich wissen möchte, welche Besatzung auf einem bestimmten Müllwagen an einem ganz bestimmten Tag gefahren ist?"

Frau Becker hatte ihm den offiziellen Weg beschrieben und erläutert, dass nur bestimmte Leute auf diese Informationen über den Computer Zugriff hatten. Karlo war nicht begeistert, doch zumindest wusste er nun, wie er vorzugehen hatte. Es herrschte einen Moment Stille in der Leitung. Karlo wollte sich gerade bedanken und verabschieden, da hörte er die nette Stimme erneut.

„Wenn ich es mir recht überlege – eine gewisse Sekretärin hätte natürlich ebenfalls Zugriff."

Karlo horchte auf. „Und wie könnte man diese Sekretärin dazu bringen, ganz unbürokratisch nachzuschauen?"

„Vielleicht mit einem Käsekuchen?"

Karlo hatte Glück. Im Café Mozart hatte man noch einen ganzen Käsekuchen vorrätig. Eine Stunde später stand er im Büro von Frau Becker und war im Besitz der nötigen Informationen.

„Geht doch", dachte er. Dann wählte er eine Nummer ohne Fallstricke.

Karl Einser hob ab. „Ja?"

„Hier ist Karlo. Ich brauche dich. Dich und deinen sexy Dienstausweis."

„Was ist denn jetzt schon wieder?" Karl Einser biss sich auf die Unterlippe. Karlo klang schon wieder so – tatendurstig. Und das bedeutete: Schwierigkeiten. Normalerweise.

Nun gut. Erst mal hören.

Wer nicht hören will, muss fühlen.

Wer auf Karlo hört, muss auch fühlen.

Also egal!

„Ich hab da so eine Idee."

Oh Gott! Einser kannte diesen Tonfall. Als Karlo dann erzählte, relativierte sich jedoch alles. Was Karlo sagte, klang nicht unvernünftig. „Gut. Du hast Glück, ich habe gerade Dienstschluss. Wo treffen wir uns?"

Eine Stunde später standen Karlo und Einser vor einem Wohnhaus in der Kaiserstraße in Offenbach, direkt hinter der Brücke. Drei Mann waren normalerweise auf einem Müllwagen. Der Fahrer und zwei andere, die die Tonnen leerten. Karlo hatte zuerst die Offenbacher Adresse gewählt, weil sie am nächsten lag.

Einser schien immer noch ein wenig zu zweifeln. „Du glaubst also tatsächlich, die Müllabfuhr hat das Geld gefunden?"

„Nicht *die* Müllabfuhr. Nur einer der Müllmänner. Außerdem glaube ich gar nichts. Ich hoffe. Wenn nicht, ist ja nichts passiert."

„Stimmt."

„Hier ist es. W. Janisch. Erster Stock. Halt schon mal deinen Dienstausweis bereit." Karlo klingelte, und es wurde geöffnet. Im ersten Stock wartete ein Mann zwischen vierzig und fünfzig, leichter Bauchansatz, braungelocktes Haar. Er trug ein grobes Karohemd über einer abgetragenen Jeans. Sein Blick wechselte zwischen Neugier und einer gewissen Ängstlichkeit. Schon auf der letzten Stufe zum ersten Stock begann Karlo: „Ah, Herr Janisch. Gut, dass Sie da sind. Wir wollten nur sichergehen, bevor wir die Kollegen herbeordern."

Janisch wollte etwas sagen, doch Karlo ließ ihm keine Zeit. „Das ist mein Kollege Einser."

Einser hielt seinen Dienstausweis in die Luft. Karlo hielt plötzlich ein A4-Dokument in der Hand und hielt es Janisch direkt vor die Nase. Dann faltete er es wieder zusammen und steckte es in die Jackentasche.

„Rufst du bitte die Kollegen her?" Er schenkte Einser, der seinen Ausweis auch wieder eingesteckt hatte, einen Seitenblick. Einser zog sein Smartphone heraus und Karlo wandte sich wieder an den verdutzten Hausbewohner.

„Herr Janisch, wir müssten uns in Ihrer Wohnung umsehen. Lassen Sie uns bitte rein?"

Karlo drängte sich an dem verdutzen Mann vorbei in die Diele.

Janisch fing an zu stottern. „Um-um-um was bitte geht es denn?"

„Am Freitag, dem 26. September hatten Sie Dienst auf dem Müllwagen. Gegen achtzehn Uhr waren Sie am Überlinger Weg. Sie erinnern sich vielleicht an den Polizeiwagen?"

„Ach, das", wollte er erleichtert abwinken. „Sie suchen sicher Branco, unseren Fahrer. Wegen dem abgerissenen Seitenspiegel. Aber wir sind doch gar nicht gefahren. Wir standen schon, der Streifenwagen selbst hat uns nämlich ..."

„Nein, nein. Darum geht es gar nicht. Das ist schon geklärt."

Janisch ließ sich nicht beirren. „Aber ich habe den Spiegel doch hier." Er zeigte neben die Garderobe. Da lag tatsächlich der abgerissene Spiegel von Haffmanns Funkwagen auf dem Boden. *„Sachen gibt's"*, dachte Karlo.

„Wie ich schon sagte", erklärte Karlo geduldig. „Es geht nicht um den Spiegel. Sie haben noch etwas anderes gefunden, nicht wahr?" Karlo sah den Mann lauernd an. „Glauben Sie mir, die Kollegen werden es finden. Die finden alles." Er sah nach Einser. „Hast du die Kollegen schon erreicht?"

„Bin gerade dabei."

Janisch wurde unruhig. „Ich glaube, ich weiß, was Sie meinen. Aber bitte, Sie brauchen doch nicht ...", er hob abwehrend beide Hände, „... ich hatte doch nur noch keine Zeit, spätestens morgen früh wäre ich doch ... kommen Sie." Er winkte Karlo und Einser ins Wohnzimmer. „Nehmen Sie Platz. Wollen Sie etwas trinken?"

Karlo winkte ab. „Danke, nein." Dann schaute er Janisch abschätzend an. „Ich hoffe, es ist noch alles da. Das waren nämlich wichtige Beweismittel." Er grinste. „Nicht nur Zahlungsmittel. Wohnen Sie eigentlich alleine hier?"

Janisch rückte einen schweren Sessel nach rechts. „Nein", ächzte er dabei, „meine Frau liegt gerade im Krankenhaus. Die Galle, wissen Sie." Er klappte den Teppich zur Seite und ergriff die beiden Umschläge, die darunter gesteckt hatten. „Wenn alles gut geht, ist sie nächste Woche wieder zu Hause. Hier!" Er streckte Karlo die Umschläge hin. „Es ist noch alles drin. Lag übrigens genau neben dem abgerissenen Spiegel. Die anderen haben das gar nicht mitgekriegt. Ich selbst hab auch erst zu Hause gemerkt, was da drin ist."

Karl Einser stützte den Kopf auf eine Faust und musterte Janisch. Dann blickte er wieder auf und sah zu Karlo. „Was passiert jetzt mit ihm?"

Janisch schaute angstvoll. „Aber, ich ..."

„Nun, ich denke", schnitt Karlo ihm das Wort ab, „Herr

Janisch hat die beiden Umschläge gefunden. Das war ja gut. Während der Arbeit hatte er keine Zeit hineinzusehen. Und zu Hause war er zu müde dazu und hat sie in die Ecke gelegt. Wo er sie dann einfach vergessen hat. Hat ja auch einiges um die Ohren, seitdem seine Frau im Krankenhaus liegt. Und eben sind ihm die Umschläge wieder eingefallen und er hat reingesehen. Natürlich wollte er so bald wie möglich zur Polizei gehen." Karlo sah Janisch ins Gesicht. „Stimmt das im Wesentlichen so, Herr Janisch?"

Erleichterung zeigte sich bei Janisch. „ Ja. Genau. So war's gewesen. Sie sind der reinste Hellseher."

Karlo griff sich die Umschläge. „Dann sind wir hier fertig, Kollege Einser. Gehen wir." Karlo erhob sich.

Auf der Treppe knuffte Karl Einser dem grinsendeen Karlo mit der Faust in die Seite.

Kurz vor dem Ausgang hörten die beiden die aufgeregte Stimme Janischs hinter sich. „Meine Herren. Warten Sie. Wollen Sie denn nicht Ihren Spiegel mitnehmen?"

–

„Schau mal, Karlo. Wir haben Glück gehabt. Die beiden wollen gerade los."

Einser und Karlo hielten am Parkplatz des siebten Polizeireviers direkt vor der Schnauze des Streifenwagens. Dietmar Hund und Manfred Haffmann hatten die Türen schon geschlossen, Haffmann wollte den Motor starten. Er sah, wie Karlo aus dem Wagen stieg. Haffmann ließ wütend das Seitenfenster runter. „Mach Platz, Kölner, wir müssen weg", rief er gallig, „sonst gibt's eine Anzeige wegen ..."

Haffmann sah mit offenem Mund erstaunt zu, wie Karlo

um den Funkwagen herumhuschte und die Heckklappe öffnete. Nach drei Sekunden stand er wieder neben dem geöffneten Fenster.

Dietmar Hund war ausgestiegen und im Begriff, um den Wagen herumzulaufen. Haffmann war kurz davor zu explodieren.

„Haaaaalt“, rief Karlo gedämpft. „Hört mir erst einmal zu. Heute herrscht Friede, ich hab was für euch.“

Er tippte Haffmann zweimal an die Schulter. „Einfach nur zuhören. Also, es geht los: Es waren einmal zwei tolle Polizisten. Die wurden zu einem komplizierten Mordfall gerufen. Da gab es aber nicht nur einen Toten, sondern auch jede Menge Geld. Geld, das auf einmal weg zu sein schien. Keiner wusste, wo das Geld geblieben war.“

Haffmann wurde knallrot und wollte aufbrausen.

„Piano, Herr Kollege“, dämpfte Einser den beginnenden Wutanfall, „wirklich einfach nur zuhören.“

Haffmann ließ sich zurück in den Sitz sinken. Karlo fuhr fort. „Da die beiden aber, wie gesagt, ganz tolle Polizisten waren, hatten sie das Geld sehr gut gesichert.“

Haffmanns Kopf schoss hoch. Karlo redete unbeeindruckt weiter. „Sie hatten den Umschlag mit dem Geld nämlich unter dem Teppich des Gepäckraums in ihrem Streifenwagen versteckt. In der ganzen Hektik haben sie es vergessen. Kann ja mal vorkommen, wenn Stress herrscht. Aber natürlich erinnerten sie sich wieder, sie konnten das Geld dem rechtmäßigen Besitzer zurückgeben, und alle waren zufrieden.“

Karlo steckte die Hände in die Hosentaschen. „Na, wie klingt das?“ Er schaute auf seine Uhr. „Mensch, Karl, so spät schon? Wir müssen los.“

Bevor Karlo in Einsers Wagen stieg, drehte er sich noch einmal um. „Ach ja, das hätte ich beinahe vergessen. Irgendjemand hat euch die Handynummer eines superguten Ermittlers auf einen Zettel geschrieben und in den Umschlag gesteckt. Falls es mal wieder klemmt, könnt ihr euch ja melden." Dann zog er die Wagentür auf und ließ sich auf den Beifahrersitz plumpsen.

Einser hatte den Motor schon gestartet und winkte noch einmal in Richtung der verblüfften Streifenpolizisten.

„Ein Bier?", fragte Karlo. „In der Bluesmühle?"

„Gerne. Kann ich jetzt gebrauchen."

Nach dem zweiten Bier piepste Karlos Handy.

„Eine SMS." Karlo fummelte auf der Tastatur herum. Kurz darauf grinste er breit.

„Was gibt's?" Einser hatte die Augenbrauen hochgezogen.

„Hier." Karlo reichte Einser das Telefon. Kurz darauf grinste auch der Hundeführer.

„Fällt schwer, aber danke, Kölner. Du hast einen gut!"

„Mach mal zwei Jameson, Harry."

Einser stellte sein Whiskyglas vor sich ab und lehnte sich zurück. „Was ich dich die ganze Zeit schon fragen wollte: Was hast du Herrn Janisch denn eigentlich an der Wohnungstür für einen Zettel unter die Nase gehalten?"

„Eine uralte Vorladung zum Gericht", kicherte Karlo. „War doch amtlich genug, oder?"

– Ende –

Auf ein Wort:

Wenn schon im Vorwort von Fehlern gesprochen wurde, beginnen wir am Schluss doch mit der Vermeidung derselben: Und zwar mit den Menschen, die dafür verantwortlich sind, dass Karlo nicht zu viele Fehler begeht.

Zu diesen Menschen zählt nicht zum ersten Mal Herr Kriminaldirektor Fred Bauer, dessen anfänglich ambivalentes Verhältnis zu Karlo mittlerweile einem wissenden Grinsen gewichen ist. Auch der von mir sehr geschätzte Professor Marcel Verhoff, Direktor des Instituts für Rechtsmedizin am Universitätsklinikum Frankfurt am Main, gab Karlo wertvolle Tipps, die dieser ganz ungeniert und mit Erfolg als eigene Ideen ausgab.

Frau Becker von den Entsorgungsbetrieben in Heddernheim war ebenso eine freundliche Hilfe wie erneut Frau Vogler vom Standesamt in Hofbieber.

Für die önologische Beratung zeichnet wie schon so oft mein kompetenter Weinhändler Marc Flössner aus der Königstraße in Fulda verantwortlich. Auch wenn er in dieser Geschichte das literarische Feld einer hübschen Weinhändlerin aus Offenbach überlassen musste.

Fehler der logischen wie auch logistischen Art hat meine nette Lektorin Stefanie Reimann wie immer zielsicher aufgespürt. Und auch die meisten Druckfehler dürfte sie wieder erfolgreich zum gleichnamigen Teufel gejagt haben.

Kein Fehler ist es weiterhin, dass meine Freundin Silvia

nach wie vor zu mir und dem chaotischen Karlo hält und dabei unsere gemeinsamen Launen schulterzuckend erträgt. Und ganz nebenbei auch noch gute Ideen hat.

Sollten Sie trotz all dieser wunderbaren Menschen und der an den Tag gelegten Sorgfalt noch Fehler finden, dürfen Sie diese gerne behalten.

Das erlaubt Karlo ausdrücklich.

Das Allerwichtigste zum Schluss: Natürlich ist die vorliegende Geschichte wieder reine Erfindung. Das Gleiche gilt auch für alle mitwirkenden Personen. Weder Sie noch Sie oder auch nur Sie sind damit gemeint. Nein, Sie da drüben auch nicht.

„*Ehrlich*", wie Rezzo sagen würde ...

Der Autor

verlag vogelfrei
WOLFGANG
RILL
Das
Mieder
EIN EROTISCHER
GROSCHENROMAN